Y en el fondo
tu ausencia

ROSARIO BARAHONA MICHEL

❯ Pro Latina Press

Y en el fondo tu ausencia
Rosario Baharona Michel

Copyright © 2012 Rosario Barahona Michel

© De esta edición:
2022 Pro Latina Press
www.prolatinapress.com

Editora: Maria Amelia Martin
Diseño gráfico: Álvaro Dorigo
Fotografía de portada: Morena Orué
Fotografía de autora: Jorge Dávila Barahona

Library of Congress Control Number: 2022936536

ISBN 978-1-7377458-8-4

Y en el fondo
tu ausencia

ROSARIO BARAHONA MICHEL

novela

… sentí una atroz nostalgia de la recargada casita en
Fulham y de las cosas ordinarias y consoladoras de cada día,
olvidando que no hay escape posible, que vayamos a donde
vayamos, el dolor de nuestro corazón nos acompaña.

Constance Heaven
La estirpe de los Kuragin, 1974, Emecé, Buenos Aires.

Siempre he amado el desierto. Puede uno sentarse sobre
un médano de arena. No se ve nada. No se oye nada. Y sin
embargo, algo resplandece en el silencio…
Lo que embellece el desierto, dijo el principito, es que
esconde un pozo en cualquier parte…

Antoine de Saint Exupery

Para Abel y Rosario, mis padres, callados y pacientes cómplices de esta aventura.
Estas páginas son más suyas que mías.

Para William Lofstrom, mi maestro historiador, quien con su trabajo entusiasta, me regaló generosamente la idea de escribir esta novela.

PRÓLOGO

La literatura atraviesa la vida, deambula por espacios cerrados a oídos y ojos indiscretos, penetra donde otros modos de conocimiento no pueden, inscribe detalles, inspiraciones, corporiza emociones, materializa pensamientos, atiende e ilumina lo invisibilizado y lo marginado.

La escritura representa una posibilidad, una oportunidad para decir que no obedece sólo al objetivo de comunicar, no se subordina a las leyes y a las normas impuestas, corre en algarabía al ritmo del deseo y de la voluntad, corre en armonía con la imaginación que la impulsa.

La imaginación toma de la vida cotidiana su inspiración. Acaso la imaginación se nutra siempre y sea deudora de los recovecos más inesperados, sea alentada por polvorientos documentos, olvidados, que esperaron años para ser rescatados, no sólo del abandono sino de la propia desidia de los apresurados tiempos contemporáneos, poco interesados en los meandros del pasado.

En un cuidadoso proceso de selección documental, Rosario Barahona Michel creó un archivo para su novela que no sólo le proveyó de un orden narrativo y de un argumento, sino que, también, le permitió insuflar a quienes los poblaban emoción y cuerpo porque una historia puede ser contada más de una vez, de distintos modos y con disímiles tonos. El discurso histórico se materializa en documentos, registros, papeles con carácter de verdad, muchas veces, indiscutidos. El discurso literario vuelve sobre esos objetos para imaginar un cuándo, un cómo, un por qué echando mano de la ficción que le aporta un hálito de autonomía a los hechos y a las cosas.

Las emociones que rigen y ordenan la novela de Barahona, entonces, se encarnan en personajes de dimensión histórica, en ocasiones, de esos que habitan los archivos porque fueron hacedores de la Historia. Pero, también, en la novela hay personajes que podrían considerarse menores —aunque no lo sean—; son los responsables del hacer en la vida cotidiana. Todos ellos forman parte de las genealogías que se comenzaron a escribir durante los años de la Colonia en América, son quienes dieron fundamento, con sus actos, a un pasado que no deja de tensionarse con este presente. Emociones que, sin distinción de orden étnico o de clase, se posan sobre las jurisprudencias de la vida humana porque a partir de las ausencias, de las tristezas y de las expectativas se tejen las existencias. *Y en el fondo tu ausencia* recupera, a través de una escritura preciosista, las hebras que componen a cada personaje -en su dimensión más íntima- y esos hilos los reúnen en un tapiz del que son protagonistas, un tapiz que se vuelve escritura, que es literatura. Una literatura que bebe de fuentes históricas para dar lugar a otras posibilidades de lectura y de proyecciones de interpretación. En ese gesto compositivo, esta novela encuentra su punto máximo de imaginación y creatividad, atrapando los susurros del lenguaje que escaparon a la mordaza del registro histórico.

Magdalena González Almada
Córdoba, otoño de 2022

Magdalena González Almada es Doctora en Letras y Licenciada en Letras Modernas por la Universidad Nacional de Córdoba, Argentina. Se desempeña como investigadora en el Consejo Nacional de Investigaciones Científicas y Técnicas (CONICET, Argentina). Dirige el Grupo de Estudio sobre Narrativas Bolivianas radicado en el Centro de Investigaciones de la Facultad de Filosofía y Humanidades (CIFFyH, UNC) desde 2012. Ha publicado numerosos artículos, libros y antologías de ensayos dedicados al estudio de la literatura y el pensamiento bolivianos.

Advertencia

Los personajes de estas historias fueron reales y las circunstancias narradas pudieron haberse dado de la manera aquí expuesta.

En todo caso, los nombres de personas y lugares se encuentran perfectamente documentados en dos prestigiosos archivos del país.

Mi trabajo ha consistido entonces en un ejercicio de imaginación y puesta en obra de una arquitectura narrativa en un contexto dieciochesco charqueño o del universal siglo de las luces.

R.B.M.
Sucre, agosto de 2012

UNO

Anoche soñé que llovía, y al despertar en la mañana, seguía lloviendo a mis ojos. La lluvia ha insistido en algunas cosas de mi memoria, cosas que en el fondo son niñas, pero parecen viejas como vos y como yo. Intento repasarlas, asimilarlas, mirando las gotas gruesas que caen con este aguacero de octubre, porque esta faena se parece mucho a una expiación.

Si no me crees, no tienes más que leer algunos libros que son prohibidos, como el Job patiens balerio Mácsimo en cuarto menor, o los varios tomos de a folio o de a pergamino escritos por autores distintos que versan sobre teología moral. Nuestro tutor y curador, el padre Antonio del Risco y Agorreta, me dijo que el siervo Job permaneció en la fe, pese a sus grandes tribulaciones, porque lo sostuvieron sus meditaciones en Dios.

Nos faltan pues, hermana, las meditaciones en el Señor.

Dicen que no pudiste casarte por eso, por todo lo que pasó. Vos, doña Juana de Dios de Gil, eras lo que se pensó que debías ser, y lo fuiste.

Pese a tus escasos diecinueve años, has vivido toda una vida. Siempre diste en el clavo. Siempre certera. Siempre efectiva. Siempre a la mano. ¿Por qué no escapaste a los valles, a los cerros, a los campos, en fin... donde la brisa fresca y benigna te diese en la cara?

No lo sé, pero ahora que el entierro ya pasó, podemos mirarnos aunque sea en medio de este tu silencio de cartujo. Entre tanta fiebre, desvelos, insomnio y confusión, nos faltó el tiempo para la cordura.

Quiero que me enseñes a pegar botones y a hilvanar, que me digas ven, niña María del Carmen de Gil, aprende de una vez, que ya vas para diecisiete años, haz así y asá y mira que ya está.

Mira, Juana de Dios, que quiero que me digas eso y más. Si

17

quieres nos sentamos una enfrente de la otra, bordando las casullas que tenemos pendientes para los dominicos, mientras esperamos a que pase la lluvia. Ven, Juana de Dios, toma asiento aquí, ahora que ante el riesgo del contagio, la servidumbre ya ha quemado en fogata sus sábanas y pequeños ropajes, sus vestidos de encaje, sus enaguas de zaraza, sus zapatillas de raso, sus muñecas de trapo vestidas de terciopelo que nuestro padre les trajo de Lima. Ahora que el tiempo pasa cansino y está de sobra, ahora que todo el tiempo es desesperadamente nuestro, aquí en nuestro reino, en esta casa con huerta de tarcos floridos, árboles frutales y crisantemos rosados, casa vacía de risas infantiles, pero llena de tus pájaros negros llamados chulupías.

En fin, sé que vos no estás exenta de esperar, porque esperar es nuestro destino.

Me corriges con la mirada perdida en tu hondo horizonte, expresando con los ojos lo que pronunciabas de continuo en este último tiempo de desolación, que no hay destino, que esta vida está hecha para decidir y nada más.

Pero vos, sí, vos, Juana de Dios, hermana mía, ¿esperas hacer algo más?

DOS

A veces comprendo que no sepas qué hacer en esta ciudad cosmopolita donde reina el metal del diablo. Comprendo que quizás por eso solo se te ocurre relatar acerca de tu tan noble familia —¡oh dechado de virtudes!—, como si ninguna otra cosa existiese en el orbe, como si a todos tuviera que importar.

A veces te entiendo que busques marcharte por no encontrarte de bruces con tu sórdida y vieja soledad jugueteando al costado de tus recuerdos que no dejan tregua.

Por eso es que ahora emprendes viaje en tu lujoso coche con techo de lona y vidrieras, tirado por dos recios caballos, y por detrás, tu recua de marrones mulas de cargamento, donde llevas vuestro almofrez, petacas y mancerina, entre otras cosas. Llevas también contigo tus dos esclavos Tomases y tus cuatro perros cobrizos, dignos de artilugios de diferenciación, bíblicos los primeros y lingüísticos los segundos, y te marchas tierra adentro, hacia tus dos probables destinos: si no es a vacacionar hasta Cayara, al marquesado de Otavi, vas a trabajar hasta aquella corte de estos nuestros lares, pues se dice que no solo Madrid es corte, que existe otra más cercana, pero por supuesto, más pequeña. Allí tienes casa, oficina, amigos, recuerdos, todo. Lo mismo de lo que escapas. ¿No es irónico, amigo mío?

Por eso, aunque no admitas que la soledad te está matando y siempre estés escapando de vos mismo y poniendo pretextos para quedarte o para irte, según los asuntos pendientes de vuestro juzgado sinodal y de Consultor y Comisario del Santo Oficio, tuvo razón San Pablo apóstol al decir que dura cosa es dar coces contra el aguijón, si al final de cuentas siempre acabas volviendo aquí, y es que eres de aquí, de allá y de acullá, porque doquiera fueres, como una rotundísima coz te golpea la codicia.

TRES

Sé que no me crees cuando hablo de expiación, porque es una palabra como escabrosa, como prohibida en mis labios inocentes de niña. Pero en este tiempo del fin, te juro, Juana de Dios, que no me importa nada más.

Por eso entro decididamente en tu aposento y, pese a que me golpea el desorden y la humedad de tus lágrimas que flotan en el ambiente, tomo asiento frente a tu ancha cuja con dosel, y pienso que estoy logrando que fijes la mirada en mí, aunque parece que tu mirada de color caramelo va perdida más allá de la vista que otorga la ventana, más allá de aquellas montañas azules y escarpadas.

Te digo, hermana, que llegar a la expiación requiere de buena memoria y quizás un certero acercamiento a la muerte. Ambos requisitos son míos, o mejor dicho, nuestros, con la única diferencia de que a vos te importa un bledo. Primero fue nuestra buena madre que murió al dar a luz a su última vástaga, cuando vos tenías apenas trece años y por ser la mayor tuviste que hacerte cargo del manejo de toda la casa, con la servidumbre incluida, de tus cinco hermanas menores y de nuestro padre, que era un santo que de Dios goce.

Un santo exigente, corriges sin mirarme y rompiendo tu silencio, mientras nerviosamente te tiemblan los dedos por el frío húmedo o por la desolación, no lo sé. Pero finjo no oírte, como tú haces conmigo hermana mía, a ver qué se siente.

Y prosigo con los recuerdos, que son a la vez mi expiación: todo comenzó el día en que uno de los mejores amigos y confesor personal de papá, el buen padre José de Rivera Paniagua y Vergara, rector de la iglesia de indios de San Sebastián, le nombró su albacea. Comenzó desde el mismo día que el padre José supo que debía hacer aquel viaje de tramitaciones que sus superiores le encargaron hacia la villa de Oruro, donde la altura y el frío, decían las gentes, eran peor que los inviernos de las mismas Europas.

Recuerdo una conversación de sobremesa; papá contaba que se habían conocido cuando niños, pues ambas familias eran muy cercanas, ya que se dedicaban al comercio de distintos beneficios, como géneros de Castilla y giro de armas y esclavos. A la cabeza de don Nicolás de Gil, alférez real, tanto los Rivera como los Gil recibían, mediante otros socios, los productos desde España, y se vendían en la villa de Cochabamba, en la villa de Tarija, en La Plata. Sin embargo, a raíz de su éxito comercial, las familias se habían olvidado de Dios. Papá contó que, en una ocasión, tan absortos estaban en sus afanes de un viaje de negocios, que olvidaron que era viernes santo y comieron carne roja, cometiendo sacrilegio. Dicen que nuestro abuelo, Manuel Gil de los Ríos, quiso expiar sus culpas y las de sus hijos mediante un cruel hierro puntiagudo que se ciñó al pecho por muchos años, abandonándolo tan solo para dormir. Ahí es que vieron la necesidad de incorporar a la iglesia a uno de su familia. Juan de Gil, nuestro tío paterno, pálido y alegre, fue el elegido. A los veinticuatro años, fue ordenado clérigo levita de órdenes menores, para, luego de confirmado, retirarse del mundo a Callejas la Alta, su hacienda en Mizque, dentro de la cual construyó con sus propias manos una pequeña ermita hecha con adobes. Se retiró después de haber sido un próspero comerciante de esclavos, pero al irse a Mizque, dio carta de libertad a sus tres esclavos personales y vivió en completa soledad, en absoluto reposo, rezando y ayunando, ayunando y rezando. Fue el tío Juan de Gil quien quiso acabar con la expiación de su padre, nuestro abuelo, pues el mismo año que se retiró a Mizque, Manuel Gil de los Ríos se sintió algo más perdonado y se quitó el cilicio, aunque los años que continuó viviendo recorrió de rodillas la procesión de Semana Santa, como lo había hecho tradicionalmente su familia en Sevilla, cubierta la cara con un capirote negro con dos orificios para los ojos y dándose de latigazos en los lomos desnudos.

Algo parecido ocurrió con la conciencia religiosa de los Rivera. Así fue que, desde muy joven, el padre José estudió en el Seminario Conciliar de San Cristóbal, y se graduó con una ceremonia en la que le dieron montones de medallas, una ceremonia con honores, como no podía ser de otra manera, lo que le valió su rápido ascenso en la carrera eclesial, pues, como sabes, llegó a ser rector del colegio de San Juan y hasta rector de la Universidad, antes de que lo fuera nuestro padre, a diferencia del tío Juan de Gil, que jamás tuvo un cargo decente y murió de pobre en su ermita.

Murió de santidad, me corriges nuevamente y casi ya no puedo soportarte más.

Pero finjo no oírte hermana mía, como vos haces conmigo, a ver qué se siente.

Sí hermana, pobre pero santo, ¡el orgullo de la familia!, me burlo del tío Juan de Gil, y de paso, de vos, pero no lo pronuncio, sino que tan solo lo pienso, porque no quiero discutir contigo. Lo que sí pronuncio es que nunca olvidaré el último día en que el padre José vino a casa, abrigados sus lomos con una capa oscura de vicuña. Eran como las cuatro de la tarde, nuestro padre redactaba a su amanuense los otrosíes que por falta de tiempo no había redactado en su despacho de la Universidad. ¡Pero cómo!, dijo nuestro padre, dirigiéndose a su amigo, no hacía falta que vinieses, que si me decías, partía en este instante a buscarte. El padre José sonrió bondadosamente y dijo que no, que no hacía falta, le mostró la carta de su superior, le contó a papá que por su salud debilitada había retrasado por mucho tiempo el viaje a Oruro, pero ya no sería posible posponerlo más, porque su vida se había caracterizado por cumplir las órdenes superiores sin discusión alguna. Sin embargo, continuó el padre José, ante cualquier cosa que pudiere suceder, he venido para llevarte donde el notario, ya que quiero nombrarte mi albacea.

Por supuesto, papá aceptó, con esa natural virtud que emanaba de sus pupilas, sin saber que era la última vez que veía a su amigo. El padre José partió al siguiente día, y al llegar a Oruro, se puso tan morado que murió allí con las venas reventadas por la presión y los oídos sangrantes.

En su testamento había dejado todos sus bienes a nuestro padre, con unos cuantos mandatos testamentarios, como que conservase su biblioteca, que era su mayor tesoro, pues le había costado toda una vida de búsquedas y sacrificios varios en pos de los mejores y más raros ejemplares. Asimismo, había pedido ser enterrado sin gloria, pero con dignidad, en una cripta cerca del altar de San Sebastián, y papá puso tanto esfuerzo en aquella empresa, que comenzó a enfermar. El cadáver del sacerdote llegó a esta muy descompuesto, y hubo que llamar al médico barbero y hasta a un indio curandero para que hicieran algo, pero ambos opinaron que lo mejor era enterrarlo inmediatamente, sin misas ni rito alguno, lo que en efecto se hizo.

Aturdido por una tos incesante, papá trasladó la biblioteca de su amigo hasta nuestra casa, y se necesitaron cuatro indios para cargar los más de dos mil volúmenes.

Pero faltaba lo peor, hermana. Poco antes de morir el padre José de Rivera, había dormido el sueño de los justos su amigo personal, el padre Josep de Suero, un asturiano de ascendencia, culto, gordo y rico, rector que había sido de San Bernardo y San Lorenzo en Potosí y abogado del juzgado sinodal, así como Consultor y Comisario del Santo Oficio de esta ciudad donde moramos. Toda una personalidad oficiosa que, entre sus extravagancias varias, había nombrado como albacea al padre José de Rivera, que, como sabes, hermana, a su vez había dejado la responsabilidad de albaceazgo a nuestro padre, así que en la práctica él quedaba con las posesiones de ambos sacerdotes, sin saber que también moriría de tos sangrante en el hospital de San Juan de Dios, en menos de lo que canta un gallo: ni siquiera cumplido un año de la muerte de dichos religiosos.

Murió en el hospital convento de los hermanos juandedianos, apagándosele la gran voz de tenor que tenía. Con su inteligencia de abogado, aun en su lecho de muerte supo qué hacer: por ser la primogénita, te declaró oficialmente heredera universal de todas sus posesiones y dueña absoluta de un poder para testar ante el notario Mariano Pimentel, y en caso de que vos faltares o de que precisares una colaboración adecuada, nombró nuestro tutor y curador al padre Antonio del Risco y Agorreta, por ser las seis hijas menores de edad. Asimismo, como abogado que era de los casos de la Universidad y de la Real Audiencia, dejó escrito de su puño y letra la lista de los que le debían, que eran muchos, y de los que en el último tiempo le nombraron albacea testamentario, que eran solo dos: los ricos sacerdotes José de Rivera y Josep de Suero, finados, de quienes heredamos sus magníficas bibliotecas, plata labrada, sacros objetos, como pinturas y bultos de santos y vírgenes, más tres casas y dos haciendas que vos, bien apoyada en el padre Antonio del Risco y Agorreta, supiste administrar de tan buen modo, rentando a terceros, vendiendo las cosechas y haciendo multiplicar el ganado con el mismísimo talento de Jacob el patriarca, con un don natural de administración financiera que sorprendía a todos, hasta al propio padre Antonio. La vida no alcanzó a papá para cumplir las mandas testamentarias de cada quien, y a veces pienso que se murió por el afán de hacerlo.

Se murió de culpa, corriges nuevamente, rompiendo tu necio silencio. Pero finjo no oírte, hermana mía, al igual que vos haces conmigo, a ver qué se siente.

Pobres hombres de Dios, que confiaron el uno en el otro, continúo, haciendo caso omiso de tus palabras. Mas no se equivocaron, hermana, que tus manos son confiables, y como albacea de papá has venido cumpliendo cada una de sus mandas testamentarias, como él lo hubiese hecho.

¿Ves ahora, Juana de Dios, por qué el destino es mi premisa, mi evangelio? El padre Antonio del Risco y Agorreta legará sus bienes a sus sobrinos, los Segovia, hijos de su hermana, pero a nosotras nos dejará su biblioteca, porque conoce de mi amor por la lectura. Es más, yo sé que ya redactó esa su voluntad ante el notario Pimentel, pero puso la condición de que antes leamos unos raros escritos suyos que guarda en esta elegante carpeta forrada de terciopelo granate, con el ingenioso título de Apuntes sobre los delirios de un cura. ¡Pero qué cosa!, dijo que contiene información de la vida y hechos del padre Josep de Suero, redactada por nuestro tutor, en cumplimiento de una manda testamentaria de aquel, y además porque lo justo es que sepamos quién fue el que por esos raros azares de la vida nos legó sus pertenencias.

Es justo el padre Antonio. Gracias a él, los meses de verano que siguieron a la muerte de papá los pasamos amparadas bajo su consejo y visitas, así que permanecimos en la hacienda del valle de Pitantora, encerradas con nuestros dos esclavos, Sacramento de Gil, a quien papá dio su apellido, y Pablo Congo, marido de esta, y los dos indios de servicio, Dámaso Huayra y Renata Piedra, ante el miedo de contraer los malos aires de enfermedades y dolencias crueles como las que mataron a nuestros padres. Sin embargo, ante la tranquilidad de la ciudad y la imperiosa necesidad de ocuparte de tus asuntos de administración, volvimos, y henos aquí.

Pero no nos atacaron los males comunes, como las tercianas y tabardillos que abundan en esta ciudad, porque lo que nos desbarata la vida es esta peste maldita de erisipela que revienta en los cuerpos como brotes tiernos de pequeños gránulos de arroz debajo de la piel.

Hace pocos días atrás, a la morada celestial de nuestros padres entraron Remedios, de doce años, Paloma, de diez, Valentina, de nueve, y la pequeña Macarena, a quien vos escogiste el nombre e hiciste bautizar de urgencia, pensando que moriría, todo por quitarle el pecado original, aunque no murió y la criaste personalmente hasta que la peste cundió y acabó con su delicado cuerpecito de apenas ocho años de edad.

Siete, vuelves a corregirme, pero nuevamente finjo no oírte, como vos haces conmigo hermana mía, a ver qué se siente.

CUATRO

Ayer, día de Santo Domingo de Silos, santo riojano, es que te marchaste con tu coche, tus caballos y mulas, tus esclavos y tu jauría. Tardarás como dos días en llegar hasta Cayara.

Sabes, cualquiera se amedrentaría ante el estrépito de ladridos que causan tus cuatro estúpidos perros cobrizos de curiosos nombres: Quintín, Quevedo, Quitacapas y Quántico, todos con sus campanillas atadas al cuello, porque ahí, con ese bullicio, es que se despierta toda la Villa y entonces es que saben y dicen ajá, ahí es que pasa el padre Suero. Algunos hasta se levantan de sus tibios lechos para correr a pedirte la bendición, para saludarte, para verte de lejos aunque sea. Los indios de las parroquias de San Bernardo y de San Lorenzo y los enteradores de la mina agachan sus cabezas y te saludan en quechua cuando pasa vuestra diligencia, pero después van a un rincón y escupen ruidosamente su bocado de coca masticada, y echando a tierra un chorro de esa bebida infernal de maíz llamada chicha, cuentan que te maldicen.

Sabiendo que muchos te desprecian, no sé cómo no te da miedo partir al amanecer, envuelto como un príncipe en tu capa de armiño que va barriendo los suelos, rodeado de tus esclavos negros, llamados de igual modo gracias a tus extravagancias. Tomás I o Génesis, dices al primero o más viejo de tus esclavos, Tomás II o Éxodo, al segundo, apuntándolos a cada uno con tu índice de supremacía. Ambos te responden casi al unísono, con fidelidad de animales, que al final eso son para vos.

Juan Antonio de Suero es tu favorito, ah, pero este es tu criado y no tu esclavo, porque es pálido y de finos ojos grises como los tuyos, y hasta le diste tu apellido desde los cuatro o cinco años de edad, cuando entró a tu casa a servirte. Muchos en la ciudad dicen que es tu hijo sacrílego, a diferencia del útil Nicolás Montero, mozo huérfano que está a tu servicio desde los diez, pero no se te parece en nada. Este último se quedó en tu casa parroquial, cuidando devotamente vuestro hogar, ya que Juan Antonio estudió en el Seminario Conciliar de San Cristóbal, muchos años ha, y hoy en día es brillante catedrático de griego y teología de esa santa instancia.

A tu mozo Nicolás Montero le dijiste que volverías para principios del año entrante, que como todos los años, te marchas a pasar una temporada de veraneo a la hacienda de Cayara, propiedad de vuestros buenos amigos, los ricos azogueros y marqueses del título de Castilla de Santa María de Otavi, don Joaquín de Otondo y doña Josepha de Escurrechea.

Vas con toda vuestra vana parafernalia de viaje y loca jauría.

CINCO

El duelo de tu corazón me asola.

La partida de las niñas se percibe en la casa silenciosa y vacía, donde solo cabe tu arrebato en torno a caprichosos fantasmas familiares que cantando o saltando atraviesan los patios sin cesar.

¿Acaso, hermana, no comprendes que ellas, al igual que nuestros padres, simplemente se nos adelantaron y que nos esperan en el más allá? ¿Acaso no comprendes que nuestro tiempo es el tiempo del fin? ¿Acaso al igual que a ellas no nos espera la misma enfermedad y la misma muerte?

Y solo consigo por respuesta el raro y roto silencio en el que te has encerrado desde aquel día, silencio en la huerta donde vas a refugiarte por ratos, silencio en tu aposento, donde lo único que te consuela es contemplar el lejano y montañoso paisaje. El silencio es tu escudo, tu adarga, tu armadura de hierro.

En cambio, para mí, el silencio es mi enemigo.

SEIS

No desperdicias la oportunidad de conversar con doña Josepha de Escurrechea, la marquesa de Otavi, famosa no solo por su hermosura y donaire, sino por su talento para preparar manjares y escribir recetas de todo el mundo, compilándolas a manera de libro, que de aquí a poco se publicará en Madrid.

La marquesa ya acabó de rezar el rosario de las seis de la mañana con sus invitadas y toda la servidumbre femenina, y ahora está cómodamente sentada alrededor de varios cojines con flecos en la cuadra o salón, con un gracioso tapado confeccionado con piel de marta sobre los hombros y ataviada únicamente con una vistosa peineta de maja hecha de plata con apliques de alabastro.

Con sus largos dedos acaricia el cobrizo pelaje de Quántico, que dormita a sus pies, y al mismo tiempo contesta con gráciles movimientos de cabeza a los saludos de sus invitados. Te acercas pensando para tus adentros que, por esas rarezas mundanas, hubiera sido bello tener la suerte de nacer con un cobrizo pelaje como el de tus perros, y mientras te sacudes de tus absurdos pensamientos, la marquesa te alarga su mano, querido padre, buenos días, cómo pasó la noche, a lo que respondes, dormí como un ángel del Señor, marquesa mía.

Por tu gordura, dificultosamente tomas asiento cerca de ella; mientras, sus añiles ojos se han encontrado con los de una esclava, a modo de orden. Entonces la esclava acerca hacia vos una fuente de bocadillos de hojaldre rellenos con el dulce cocido de una fruta de Indias llamada guayaba. Sírvase, querido padre, te dice la marquesa sonriendo, que con las manos que Dios me dio amasé estos, y en tanto la esclava espera que te sirvas uno, sin templanza alguna decides que es mejor tomar la fuente entera para vos solo.

Pensando estaba en los misterios del santo rosario, pronuncia la marquesa, y te distrae de tu ceremonia de glotonería, que consiste en chuparte las puntas de los dedos. Disimulas entonces y, tomando una servilleta que usas para limpiarte los labios recubiertos de migas, engulles rápidamente para contestar, qué se pregunta usted, marquesa mía, dígame.

Por qué los misterios son misterios, pregunta ella, y entonces, poniéndote otro bocadillo a la boca, percibes cómo te comienzan a temblar las rodillas, aunque podrías responderle que el primer misterio es que la virgen diera a luz un hijo santo y salvador del mundo, sin intervención de varón humano, de allí, pues, los restantes misterios. Asimismo, podrías acotar que el santo rosario fue instituido en la iglesia por el Papa Pío V, en devoción a la virgen del Rosario, que hizo grandes milagros, como desviar el viento y, por tanto, la pólvora de los moros, permitiendo la victoria de los cristianos en la batalla de Lepanto, en 1571, quienes llevaban el estandarte de la virgen en cada una de sus naves. Pero, a pesar de que tienes ganas de dar una cátedra de historia, las rodillas no te dan más, y entonces le respondes a la marquesa que hay misterios que solo Dios puede aclarar.

Con la ayuda de tu esclavo Tomás I o Génesis puedes incorporarte, aunque en tu esfuerzo un gas se te escapa. Logras una posición más cómoda, mientras agradeces a Dios el despiste de la marquesa, que está abstraída pensando su próxima pregunta. Te morirías si se diera cuenta de tu decrepitud.

¿Usted tiene curiosidad por algún misterio de la vida, querido padre?, pregunta la marquesa, que se abanica por el calor humano y pesado que comienza a arder en el salón cuadra lleno de gente. Con gula, has dado fin a los bocadillos, ahora recién puedes pensar con claridad.

Y sabes que enseguida comenzarás tu perorata, pronunciado retahílas de palabras con tu a veces forzado acento español. Tu padre, pese a su desidia para con la vida, tenía un acento perfecto que vos ya no posees. Le envidias, aunque ya está muerto, además que en este momento no te importa tanto, porque te sorprendes mirando los bucles negros que caen por la frente de la marquesa, que muy atenta te escucha, asiente y sonríe de rato en rato.

Vaya pregunta, marquesa mía. La vida está llena de misterios, sépalo usted, pero para responder con justicia debo poner un ejemplo. En mi caso, siempre quise tener la certera respuesta a otros porqués de la conquista que nuestros antepasados españoles llevaron a cabo. La fiebre de la plata, se dice, la evangelización, obsesión de los Reyes Católicos y de los siervos de Dios como yo. Pero hay algo más, y es lo que ha tratado de desvirtuar aquel famoso fray Bartolomé de las Casas, argumentando prácticamente que los indios son iguales a los españoles delante de Dios. Habrase visto semejante cosa, ¡pamplinas!. Si la voluntad de Dios es que, precisamente, como en Lepanto, venzamos ya no a los moros, sino a las costumbres diabólicas de los indios, que hasta hoy adoran al sol, a la tierra, a los muertos, y guardan celosamente sus santuarios para honrar a estos últimos, santuarios que son cuevas de demonios y que ellos llaman huacas. Así que los otros porqués están implícitos en lo que acabo de decir, pues la verdad es que cada quien tuvo razones personales para "hacerse de la América". Misterios, misterios, todo es un misterio, marquesa mía.

Uno se pregunta, por ejemplo, por qué habrán venido desde la península a Charcas, a estas tierras de indios idólatras, acotas. De paso, comentas a la marquesa que admiras al licenciado Polo de Ondegardo, de quien se sabe elaboró una fascinante relación de las idolatrías, en pos de su extirpación, en la que se basó el mismísimo virrey Toledo. Admiras al jesuita Pablo Joseph de Arriaga, que estudió con santo esmero las idolatrías en el reino del Perú en su obra Relación de las idolatría de este Reyno y los remedios para extirparla, aprobada por las más altas e ilustres autoridades del siglo XVII, como el padre Juan Frías de Herrán, provincial de la Compañía de Jesús en la provincia del Perú, el padre Luis de Bilbao, catedrático de prima de Theología de la universidad de

Lima, el padre Hierónimo de Valera, lector jubilado de Teología y guardián del convento de San Francisco de Lima, y por supuesto, como no podía ser de otra manera, con la licencia de su señoría Ilustrísima, don Bartholomé Lobo Guerrero. ¡Oh dignos hombres que así sirvieron a Dios y a su majestad el rey!

Pelear con las armas del evangelio, como ellos, esa es la premisa, pronuncias, y entrando más en materia y emocionándote, te echas flores cuando aseguras que misterios habrán muchos, marquesa mía, pero clara es mi causa en América, que obedece tan solo a la de un santo cristiano: combatir la idolatría y la hechicería con la evangelización. Además, por eso arguyes que Dios te dio el privilegio de servirle como consultor del Santo Oficio entre tus otros altos cargos.

Qué mejor ejemplo que el de mi noble familia, marquesa mía, afirmas con la voz alegre. Y desviándote de su pregunta inicial, le cuentas parte de tu genealogía hagiográfica, que es de lo que siempre te gusta hablar.

Un santo cristiano como antaño fue San Hermenegildo Suero, narras, fundador del monasterio de San Salvador, en Galicia. Le dices que te gusta imaginártelo vestido de lino blanco y resplandeciente, contemplando desde la torre de su recinto los enormes campos gallegos que ha conquistado, y así lo describes.

Caso parecido el de San Suero Gómez, que vivió en aquellos oscuros días medievales cuando los nombres propios se fundían a los nombres de los sitios donde moraban, y así un nombre podía ser un apellido y viceversa, más todo obedecía a una sola raíz: los Suero de Asturias, que se habían expandido con los siglos. Tras la cruzada de predicación llamada por el Papa Inocencio III, el santo predicó con tanto ímpetu a los albigenses, que el mismo Papa reconoció su santidad. Emparentado con la casa real de Portugal, fue un valiente militar que tras deponer sus armas se vistió de burdo hábito y se retiró voluntariamente del mundanal ruido para servir a Dios. A veces te lo imaginas con su traje de caballero, cota de malla y armadura, luchando espada de hierro en mano en épicas batallas contra caballeros y dragones, y así lo describes.

Concluyes suspirando, mire usted, marquesa mía: mi familia marcada por Dios desde siempre, desde la historia antigua de los siglos, por eso mi propio destino está ligado con fuerzas espirituales que me atrajeron a estos lares, a salvar de las llamas del infierno a estos pobres indios, esclavos del demonio.

La marquesa ha quedado algo confundida, pero sonríe atenta y comenta que eres una persona interesante o algo así, la verdad es que no te das cuenta de lo que dice, pues las rodillas se te golpean una contra la otra, porque percibes que te estás perdiendo en sus ojos hechos de pura intemperie de mar.

SIETE

Porque es como si no me oyeras, repito que no se puede hacer nada más sino esperar. Sí, esperar, hermana mía, esperar.

Al fin y al cabo, siempre estamos esperando algo. Que anochezca, que amanezca, que sea la hora de salir, de entrar, de dormir, de rezar, de comer, de ir a misa, aunque en estas circunstancias, todas esas horas no parecen sino una, y lo peor del caso es que no importa, porque pareciera que la peste igual nos va a matar.

Mientras eso llegue, te dije que no me importa nada más, pero es mentira: como al genial hidalgo de La Mancha, solo me importan mis lecturas. Espero impacientemente la luz de la mañana, que es la mejor para leer y, aunque va cambiando, perdura hasta bien entrada la tarde. Me gusta encerrarme en el despacho de papá y sentarme en su ancho canapé, a la luz de la ventana que da a la huerta.

Ayer acabé de leer el Concilio tridentino en un breviario pequeño que contenía el comentario de un tal Antonio Maten, en un tomo en pergamino. Hoy me toca comenzar los tres tomos de Polibio en pasta de cuarto menor, tengo lectura para rato.

Desde tu espacio absorto, me miras con tanta indiferencia que mejor te digo que de acuerdo hermana, hablaré contigo solo lo necesario. Con esta enfermedad, la ciudad no ha de ser la misma, ya no. Algunas gentes pasaron a mejor vida y otras aún se están casando y dándose en casamiento a la misma hora en que otros se están amortajando y enterrando en los templos, ¡pero qué inconsciencia!

Tengo presente que se venden las mismas cosillas en las recovas, y hasta en los conventos se estarán rezando los mismos rezos; al amanecer, los rezos establecidos de cada Orden, a medio día, el ángelus, al atardecer, el rosario, y por supuesto, dicen que por causa de la peste se están haciendo rogativas y rezando a toda hora novenas completas a la virgen de los Siete Dolores y al santo Cristo crucificado.

En las casas pareciera que todo funciona igual, pero es mentira. Dicen que en pos de remedios se ha consultado a los indios hechiceros y se han vendido a precios bajos las platerías, las lozas chinas con bases de plata y hasta los clavecines idénticos al que dicen las gentes que tenía la libertina doña Manuela Gómez en su casa de la calle de La Merced. Aunque ahora ya está muerta, todos dicen que en su larga vida fue una madama dueña y señora de una organizada casa de diversión, donde seguramente concibió los siete hijos habidos en siete hombres, y jamás conoció el sacramento del matrimonio, qué vergüenza.

Amén de la madama aquella —María del Carmen de Gil se persigna rápidamente—, se rezan las mismas misas a las mismas horas todos los días, pero la vida de la ciudad y de sus iglesias no es igual, porque dicen que la peste no ha respetado ni siquiera a los religiosos, y yo que pensaba que estaban guardados bajo la gracia de Dios.

OCHO

Aunque te agrada el trato cortés del marqués de Santa María de Otavi, eso no quiere decir que le admiras.

Tratas de convencerte a vos mismo de lo enunciado, y entonces, cuando le ves haciendo piruetas de cetrería, puesto su grueso guante de cuero y arrancando aplausos y ovaciones de los presentes en esta estadía de veraneo donde compartes con los personajes más prominentes de la sociedad, no puedes evitar estudiar sus manos venosas de hombre fuerte, su dicción española perfecta y sus ojos de poeta. No puedes evitar compararte con él.

Vos jamás pudiste coger ni un canario.

Recuerdas que cuando niño tu madre te daba de azotes en las manos por coger pajarillos y caracoles de aquella playa del puerto del Callao donde se asentó por pocos años tu padre al llegar desde Asturias. ¡Está sucio y piojoso!, repetía ella con insistencia, lo decía tantas veces, de una forma nerviosa y temblorosa, que luego te lavaba las manos con abundante agua y alcohol y comenzaba a azotarte.

Tu santa madre pues será muy santa, pero tal vez pecó de pulcra. Recuerdas su olor a alcohol y sus manos rajadas, en razón a su obsesión de desinfectárselas a cada momento.

En las clases de anatomía que el padre Gaspar de la Cuenta dictaba en el Seminario Conciliar de San Cristóbal, jamás cogías a los pajarillos muertos que servían de muestra y de práctica de disección, aunque tu madre ya no lo vio porque estaba más muerta que los pajarillos, y si lo hubiese visto, quizá hasta volvía a morirse.

Tu madre murió poco antes de tu ingreso al Seminario Conciliar de San Cristóbal, paradójicamente, de una sepsis y sus complicaciones, dejándote solo, al albedrío denso y lento de la desidia de tu padre, como son todos los albedríos del mundo. Pero esa es otra historia.

Estas y otras cosas más te quedas reflexionando, descosiéndose en hilachas los recuerdos de tu cruenta mente, mientras los magníficos halcones vuelan atravesando el prístino cielo azul de Cayara, y regresan prestos como fieles perros a su amo, hasta asirse al brazo fuerte del marqués, para luego volver a emprender su vuelo de acróbatas entrenados.

NUEVE

Se detiene en el umbral de la puerta del aposento de su hermana, y mirando hacia el mismo punto de las montañas azules que mira ella a través de la ventana, casi sin respirar, María del Carmen de Gil dice: anoche tuve pesadillas y no dormí nada, porque sospecho, hermana, que algo más tiene que suceder. A eso se llama esperar. ¿Es que no te lo dije, acaso? Siempre estamos esperando algo, lo que fuere.

Y por respuesta, tu silencio.

Sospecho que me volveré tan loca como vos. La esclava Sacramento es la que dijo que te está fallando la cabeza, se lo escuché decir a su marido, Pablo Congo, mientras cambiaba del florero las flores marchitas que antes no tuvo tiempo de cambiar por todas las calamidades que últimamente nos asolaron. Pese a mis sospechas, no lo tomes a pecho, hermana mía, y dispénsame.

María del Carmen de Gil toma asiento en una silla y, mientras en un columpio imaginario se mece infantilmente con un movimiento acompasado que va de atrás hacia adelante, dice: ¿Sabes vos lo que es ser loca?

Y por respuesta, tu silencio. Ya lo sé, es como si yo misma me respondiera lo que vos no quieres pronunciar: no te consideran loca pese a tu conducta, porque no lees mis libros con la locura con la que leía el genial hidalgo de la Mancha o como yo lo hago, encerrada hasta la madrugada en el despacho de nuestro padre, viéndome sorprendida por amaneceres claros y radiantes, y atardeceres liláceos, como los son casi todos los atardeceres de octubre en esta ciudad enferma que nos está tragando.

Y por respuesta, tu silencio.

A vos, la servidumbre no te ve salir desvelada de ese despacho del que me he adueñado y del que me cuelgo la llave al cuello, como una cadena santa o un amuleto diabólico de esos que llevan ocultos los negros. A vos, los esclavos te respetan y no te amenazan, chispeantes sus ojos, con avisar al padre Antonio que leo libros prohibidos que no puedo resistir porque siento que me llaman como almas en pena, me encierran a mi suerte con ellas y me hacen jugar este juego peligroso de las expiaciones, que ya me es como una enfermedad delirante.

Y por respuesta, tu silencio.

No me mires así, Juana de Dios, de acuerdo, te doy la razón, pues sé que piensas que mis libros están malditos. Lo están. Su lectura me encandila la vista y los personajes se me entran al sueño. Por eso despierto gritando a medianoche, porque me veo luchando cruentas batallas de la gesta española junto al Cid campeador, Roderico de Vivar, o llorando frías lágrimas porque mis ojos contemplan el vuelo espantado de las palomas grises en el cielo, para inmediatamente tornarse pétreos ante la escena de la decapitación de la reina Ana Bolena en la augusta primavera de 1536.

A vos, nadie te cree loca, y sin embargo, bien que lo estás.

DIEZ

Es el atardecer en Cayara. A lo lejos, varios halos del sol se tornan púrpuras y se esconden lentamente detrás de la ocre serranía. Las ovaciones y risas de los invitados han espantado las golondrinas que, buscando sus nidos, ya comienzan a merodear el hermoso patio del marquesado de Santa María de Otavi, rodeado de altos árboles de pino y almendro, y compuesto de varios jardines de multicolores flores.

A través de la ventana de tu aposento de huésped, observas la fuente central de piedra tallada, los asientos que le hacen juego, los enrejados de hierro forjado donde crecen aromáticamente tupidos los jazmines, las lámparas que los esclavos comienzan ya a encender, colgándolas en sitios estratégicos.

Un bullicio. Es el marqués que sigue encantando a todos con sus artes de cetrería, por eso las ovaciones. Vos, en cambio, por una necesidad fisiológica inevitable, has entrado a tu cuarto, en compañía de Tomás I o Génesis, que te ayuda a acomodarte los calzones de lana después de que echaste a la bacinilla esas tus hostilidades amoniacales.

Parece que el marqués hubiese nacido para ser anfitrión, piensas en voz alta, y tu esclavo sonríe como a escondidillas, pero vos no entiendes, y mientras él saca del aposento la bacinilla humeante, le preguntas su opinión. Desde la puerta contesta: el marqués parece haber nacido para anfitrión, pero yo, vuestro esclavo, pienso que solo ha nacido para ser marqués.

Después de que te ayudó a colocarte tu capa de grueso terciopelo negro y que acicaló tus contados cabellos para que estés presentable en la cena, te quedaste pensando en la opinión del negro, con tus dedos índice y pulgar repasando tu barbilla. Y sigues pensando cuando, apoyado en tu bastón de cedro, caminas hacia el patio y te unes al gentío que aplaude al marqués. Hay un olor de carbón y especias en el aire.

La voz de la marquesa te saca de tus cavilaciones. Buenas noches, querido padre. Buenas, marquesa mía. Tus ojos y sentidos se clavan en ella, en el brocado de su vestido turquesa que combina con sus ojos, en su tapado de fina nutria, en su peineta de maja hecha de lapislázuli y adornos labrados en oro, en sus bucles negros que encuadran su pálido rostro, pero disimulas como siempre, y entonces preguntas con actitud de sabueso, ¿qué es ese olor delicioso que sale de la casa, qué delicias prepararon hoy sus talentosas manos?

La marquesa sonríe modestamente. Era una sorpresa, padre, solo un ciervo de los bosques de estos derredores, que tiene la carne muy dulce y blanda, cocinado al carbón y aderezado con hierbas, piñones y frutas de la estación.

Después de que ella te viera relamerte, a tiempo de que te frotabas una palma a la otra, robándole la idea a tu esclavo comentaste, usted, marquesa mía, nació para ser anfitriona, al igual que su esposo.

La marquesa vuelve a sonreír y por todo comentario responde que su esposo, don Joaquín de Otondo, es así porque, siendo huérfano, fue llevado a España a los doce años de edad, en compañía de su rico tío azoguero, don Juan de Santelices, el primer marqués de Santa María de Otavi, título de Castilla que le fue dado por sus grandes contribuciones a la Corona. En España, don Joaquín estudió filosofía, retórica y artes militares, donde por supuesto aprendió cetrería en los mismos campos en que se entrenaba la mismísima realeza española. Allí aprendió el arte de ser anfitrión, concluye.

Vos conoces bien la historia. Sin Santelices, el actual marqués no sería marqués. El marquesado de Otavi no tenía representante, porque doña María Jacinta de Álvarez y Quirós, esposa de Santelices, perdió un hijo de este en tierna edad y juró ante el altar de la catedral no parir otro nunca más. A tal punto lo cumplió, que aunque quedando viuda de Santelices y casándose en segundas nupcias con un varón disipado, prefirió que sea su sobrino político

41

de primeras nupcias el que llevase adelante el marquesado, así que la buena estrella cayó sobre la persona de don Joaquín. Vaya suerte. Pero prefieres ser prudente, no opinar nada y desviar la conversación en otra interrogante.

¿Y qué hay de usted, marquesa mía, ya estuvo en España?, a lo que ella responde que por supuesto, estuve allí cuando niña, pero no volví más por la muerte abrupta de mi padre, enseguida me casé y heme aquí, aunque justamente el año entrante debo embarcarme a Madrid a ocuparme de la publicación de mi libro de manjares.

Esas historias las conoces también. La del libro famoso y la de don Miguel de Escurrechea, que era un rico mercader de plata, azoguero perito y dueño de una flota de fragatas que importaba a gran escala todo tipo de productos de ultramar hasta Potosí. Un día, su socio y agente en el puerto de Buenos Aires lo traicionó, vendiendo la mercadería llegada y desapareciendo después con todo el dinero, que ascendía a la cantidad de 2.266.646 pesos. Al enterarse, don Miguel murió del estallido que le produjo una punzada helada en la cabeza, aunque algunos dijeron que se ahorcó colgado de una gruesa viga de su casa. En resumidas cuentas, don Miguel quedó en una muy considerable ruina, y doña Josepha, su única hija, entonces de catorce años, recordó que a los diez había celebrado esponsales, comprometiéndose en matrimonio con don Joaquín de Otondo, el heredero del marquesado de Santa María de Otavi, quien se encontraba apenas llegado de España, tras haber permanecido allí por muchos años.

Gracias a las previsiones de su padre, doña Josepha pudo llevar a su matrimonio la honorable dote de 25.676 pesos con 6 reales, y encima hacerse del título de marquesa, que en derecho le llegó a corresponder.

Para qué preguntas, si ya conoces las historias, todas contadas por tu tío Mateo de Suero, contemporáneo de aquellas gentes antiguas como Miguel de Escurrechea o el tal Santelices. Preguntar, una más de tus manías. Será porque vos también precisas ser preguntado, será porque antes de morir quieres dejar constancia de que viviste sirviendo al Señor, quizá por eso uno de tus testamentos contempla la cláusula secreta que consiste en que tu amigo, el padre Antonio del Risco y Agorreta, escriba tu vida y hechos.

Escucha, y si yo, como la voz de tu conciencia, te preguntara, por ejemplo, qué es lo que puedes decir acerca de tu vida, ¿qué responderías? ¿Por eso se lo encargas a otros?

De seguro no dirías que detestabas a tu padre por sus constantes infidelidades en la casa de citas de doña Manuela Gómez, al son de los acordes de su alegre clavecín, ni que tu madre te producía un miedo atroz por el maltrato que te daba, y que hasta te parecía que contigo se vengaba de su marido, ni que te hiciste cura por escapar de casa y, además, porque jamás te atreviste a mirar a la cara a una mujer, pues las relacionabas con el diablo, y de hacerlo, ¡hombre!, te comenzaban a temblar las rodillas, como están temblándote ahora mismo.

ONCE

En esta madrugada cargada de niebla y lluvia, una chulupía tuya se posó en mi ventana y permaneció mirándome. El sueño me venció y entonces soñé con un bosque de altos eucaliptos, nubes grises y bajas, niebla cerrada por doquier. Una bandada de pájaros negros me perseguía picoteando mi cabeza, arrancándome gruesas hebras de largo cabello que caían repartidas como ristras de delgadas serpientes por los suelos.

Ya sabes, hermana mía, que en el mundo anochecido de mis sueños a veces soy una suerte de diestra guerrera, así que enteso mi arco y lanzo mil y una flechas al aire. Los pájaros caen heridos y sangrantes, como una lluvia oscura sobre mí.

Cuando desperté, la niebla se había desvanecido, pero la chulupía de la ventana seguía mirándome.

DOCE

Los olores de la estadía en el marquesado están volviéndote medio loco. Anoche, en la cena, primero el del ciervo al carbón aliñado con especias americanas: un pecado al paladar. Y ahora que están sentados a la mesa del almuerzo, de largo mantel blanco de lino, la marquesa destapa una jarra de cristal para servirte el ante, o la entrada, en el que percibes el aroma del vino tinto de Cinti, de la viña de San Pedro Mártir, las almendras, nueces y los granos de roja granada que flotan perfumados en el abismo profundo de azahar. En la cercanía, percibes en la marquesa su hálito fresco de hierbabuena, su ensoñador aire de intemperie de mar, naranjo en flor, sándalo, cereza. ¿Qué es esto, Señor mío?, piensas muy dentro de vos.

Ahora estás más loco, porque la marquesa toma asiento a tu lado, parece que a ella le gusta compartir contigo ciertas historias. Después de recibir las felicitaciones de los comensales por el menú tan elaborado, la marquesa comenta que aquellos platillos, el asado acompañado con sopa de bizcochuelos, o sopa dorada, y el carnero asado con tocino y naranja, los aprendió a cocinar cuando niña, allá en Madrid, en la casa de su tía paterna, la única que quedaba allí, pues los restantes Escurrechea habían partido años antes a "hacerse de la América". Solo por comentar, te cuenta que aquella tía cocinera llegó a América algunos años después, se casó en la villa de Potosí y hasta tuvo varios hijos prematuros que el frío mató. Cuando enviudó, su único consuelo, narra la marquesa, fue ingresar al convento de las carmelitas por decisión propia y dedicarse a cocinar, a elaborar lucidos mazapanes, consomés y asados, a hornear galletas, pasteles y gollorías, y a probar nuevas combinaciones de sabores, texturas y colores para registrarlo todo en un cuaderno que me legó por herencia y al que voy añadiendo recetas propias, ¿es una historia un poco extraña, verdad padre?

Asientes, y entonces, ya que ella concluyó su relato y por la semejanza de algunas circunstancias, se te ocurre comentar sobre tu familia, cuándo no. ¿Por qué será que siempre acabas recordándolos, cuando en el fondo quisieras olvidarlos?

Decides hablar, pero lo haces solo después de tomar un sorbo de la entrada dulce, pues precisas embotarte un poco del vino, si expuesto a esta situación, no quieres desfallecer. Carraspeas luego de beberlo de golpe. Mientras vayas hablando, planeas ir comiendo con la cucharilla de plata los frutos que han quedado al fondo de la copa; ¡pero qué goloso eres!

De nuestro Reino de España, marquesa mía, comienzas a narrar, más concretamente del Principado de Asturias, muñido con promesas de mercedes que se obtendrían en estas tierras perdidas de Dios, a mediados del siglo XVI llegó a Charcas mi antepasado don Suero de Nova, cuyo nombre de pila dicen que era Diego, como el conquistador Almagro, aunque mi tío Mateo de Suero insistía en recordar que en Asturias solían llamar a aquel hombre Francisco, como a Pizarro.

Como todos los que venían de allí en aquel tiempo, don Diego Suero de Nova vino a probar suerte en las minas del Cerro Rico de Potosí, acompañado de su amigo del alma, también asturiano, don Pedro Hernández Paniagua de Loayza.

Varios años duró el consorcio. Se instalaron en la Villa y, basados en su gran amistad, juntos llevaron a cabo sus negocios e incluso tomaron parte en los célebres pleitos entre Vicuñas y Vascongados. Una ocasión infausta puso fin a la amistad de aquellos dos hombres: la mujer de don Diego estaba pronta a dar a luz, sus varios partos anteriores habían resultado fallidos y muertos los niños en razón a la inclemencia del clima potosino. Como era costumbre, encomendó a su vástago a San Ramón Nonato y llevó después a su mujer, en caravana de esclavos e indias comadronas, hacia el valle de Cinti, en procura de climas más benignos.

Ante aquella larga ausencia fue que se permitió firmar a favor de don Pedro el documento que confería a este un poder absoluto sobre el manejo de sus compartidas posesiones, minas y mitayos.

Se permitió firmar su desgracia, pronuncias en tono grave, casi en susurro, mientras la marquesa arquea las cejas y te escucha intrigada. Fue el acabose…, dices en forma de desenlace, y con tu palma derecha dibujas en el aire un arco imaginario: don Pedro se mandó a mudar con la fortuna de ambos, dicen que a la ciudad de los Reyes, de donde nunca volvió. Por su parte, aunque don Diego libró juicios mil en contra de su consocio, no recuperó nada, quedando arruinado por un tiempo, mas no dejó que en ello se le fuere la vida, pues se encomendó a aquel Cristo que había aparecido milagrosamente en la Villa, el de la Santa Veracruz, vos bien sabéis, marquesa, quien como no podía ser de otra manera, le hizo el milagro de componer su vida.

Aunque ya no volvió a saberse de don Pedro, las malas lenguas comentaron que, como Judas, se ahorcó. Don Diego tuvo numerosos hijos y volvió a amasar otra fortuna, aunque jamás retornó a Asturias, y décadas más tarde, su descendencia se dispersó, en parte, hasta la lejana Nueva España, y en parte se quedó en la muy noble y muy leal ciudad del Potosí, Villa Imperial de Carlos V.

¡Hipócrita!, solo narras lo que te gusta narrar. Aunque lograste que la marquesa sonriese ante el relato y alabara al Creador por su justicia, dime dónde queda otro antepasado tuyo como Rodrigo Suero Vigil de Quiñones, Corregidor de la ciudad de Nuestra Señora de La Paz, que se vio envuelto en un escándalo junto a dos criollos secuaces suyos, perpetrando un acto ruin contra un fraile corista de San Francisco, que era joven y hermoso, y cantaba como los ángeles sopranos deben cantar en los cielos.

Su voz les encendió la lujuria, y llegó a ser tan asquerosa cuanto innombrable aquella falta, que ningún juez de la ciudad se quiso hacer cargo, a excepción de aquel santo hombre, el padre Prior de San Agustín, quien después de un justo juicio los encerró en persona, en una mazmorra húmeda y fría.

Aunque luego lograron escapar, a vuestro antepasado se le castigó con la excomunión: ¡el peor de los castigos por el pecado humano!

TRECE

Conoces a todas tus pájaras, hermana mía, y lo que es más raro es que ellas te conocen a vos, porque vienen volando raudamente a posarse en tus hombros, en tus palmas abiertas, en tu cabeza, y pareciera que te acarician tus largos cabellos, que caen por tu espalda como rubias ondas de mar. Sabes que siempre he adorado tu cabellera dorada, que te llega a las rodillas cuando sueltas el peinado recogido, porque te pareces a la imagen de la virgen, no solo por tus cabellos, sino por lo dolido de tus ojos.

También sabes a cabalidad cuáles aves son las que han construido su nidito en los tarcos floridos, en los limoneros, cuáles en los damascos, en los ciruelos, solo te falta bautizarlas con nombres cristianos, no por nada dices que ellas son, para vos, tus amigas. Por eso les dejas pan desmigajado en la mañana, y como parte de tu duelo, por más triste que te sientas, te ocupas de poner agua limpia en varios platitos hondos de barro cocido, que ordenas distribuir a la servidumbre en cada rincón de la huerta.

Por todas estas cosas he llegado a pensar que prefieres a tus pájaras negras que a esta tu hermana de sangre que está cuidándote ahora, como vos me cuidaste cuando niña, al quedar huérfanas de madre, primero, y de padre, después.

Sin embargo, parece que, pese a nuestra intimidad sanguínea, prefieres a estas pájaras mojadas por la lluvia imparable de este día de octubre, y tu silencio para conmigo lo confirma. Cualquiera pensaría que estás loca, yo misma lo pienso, pero eres una mujer ducha y bandida, doña Juana de Dios de Gil, siempre has dicho lo mismo: que conversas con las chulupías de esta tu huerta, que tiene la extensión de casi medio solar, porque solo las aves conocen de lealtad. "Nuestra" huerta, me corrijo a mí misma, pero eso a vos no te importa, porque eres la mayor y eres vos la que desde la muerte de nuestro padre creyó todo suyo y condujo todo a su antojo.

No bastaba solo con eso, sino que ahora hay que ver cómo gastas tus ojos en duelo, cómo lloras escondida hasta de vos misma en cualquier rincón de la casa, cómo permaneces todo el día sin vestirte, solo con tu camisón de lino y encajes, descalza, con el cabello suelto al ras de las rodillas, caminando de dolor por las sombras de los jardines, con la mano izquierda puesta sobre el corazón, sin comer y sin dormir, como un fantasma humano que cada vez se rompe en más y más añicos.

No me pidas que me porte igual a vos, eso no va conmigo, no. Pero, aunque no lo creas, no te condeno por nada. La culpa la tienen nuestros pecados y los pecados de nuestros padres. La culpa la tienen mis malditos libros, o quizás el destino. Sí, el destino.

Desde un rincón oscuro de la huerta te quitas la mano del corazón para llevarla a la cabeza, y rompes tu absurdo silencio de largas horas susurrando, impersonalmente y sin mirarme, que no hay destino, sino opciones. Si no estuviera cuidándote de tan cerca, no te oiría, y juro que no quisiera oírte, porque tu voz me acuchilla de frente.

Ya sé que lo dices porque no crees en el destino, puesto que tu vida estuvo dedicada a cuidar de otros, aunque a veces parece que vos misma lo elegiste a través de una hábil jugada en la que prescindir de todo tipo de destino fue posible. Y te digo que si no hubieses decidido quedarte con nosotras, en este momento estarías casada con Ángel Mariano de Toro, hijo menor del linajudo escribano y abogado de la Real Audiencia, Sebastián de Toro y Téllez, nieto de Sebastián de Toro y Loeches y bisnieto del Contador del Real Consejo de Indias, don Matías de Toro, extremeño. Ángel Mariano siempre bien trajeado de negro, con la camisa blanca, límpida y almidonada. Ángel Mariano y la sombra de su juvenil y poblada barba adornándole el rostro. Ángel Mariano y su pálida tez, sus tiernos ojos extremeños construidos de verde intenso. Ese hombre te adoraba y vos elegiste no casarte, pese a que él, junto a su ilustre padre, se arriesgaron en pedir tu mano al padre Antonio del Risco y Agorreta, nuestro tutor y curador, y a este la idea no le pareció mala. Pero vos dijiste que preferías esperar a que las niñas crecieran un poco, después pensarías en el matrimonio.

E insistes en que no hay destino, y el pobre hombre que quiso ser parte del tuyo... ¡vaya una a saber!

Tus palabras me acuchillaban cuando me interrumpiste con susurros hace un momento. Ahora son gritos que al escuchar el nombre de Ángel Mariano rompen en trizas tu silencio y pulverizan tu santidad, porque me maldicen sin palabras. Gritos y nada más, gritos de loca que provocan que llene una batea de agua fría y te la eche encima. Por loca.

Muy perspicaz, hermana mía, pero tal como para vos, para mí tampoco existen ya las posibilidades. Nada de lo que digas me hará cambiar de parecer, porque creo a rajatabla que esta expiación es mi destino.

CATORCE

El marqués don Joaquín de Otondo ha organizado una cacería de perdices en los tupidos bosques aledaños a su hacienda.

Desde la madrugada, el afán de los indios se siente en los alrededores como un rumor tenue de hormigas que cada vez se hace más preciso. Llevan manteles, armas, cartuchos, bestias, petacas llenas de vajillas y cristales, sombrillas, canastos de comestibles y, por supuesto, perros perdigueros.

Aparte de los huéspedes, que como vos, se quedarán hasta después de Reyes, hoy a la madrugada llegaron a Cayara varios personajes ilustres de la sociedad. En el primer patio del marquesado, y bien acomodado en un asiento de piedra labrada, a la sombra ancha de Tomás I o Génesis, presenciaste la llegada de los invitados. Viste bajando de su coche, tirado por dos negros y briosos caballos, al mismísimo Indalecio González de Socasa, dueño de la inmensa y rica viña San Pedro Mártir, con su sombrero emplumado, sus pantalones blancos e inmaculados, sus botas militares de cuero, su capa de rico género que levantaba airosamente el polvo de los suelos. Un indio bajó las cuatro petacas repletas de armas de cacería que trajo con el fin de hacer papilla a las perdices, y los catorce baúles cargados de vino de sus viñas. González de Socasa es más joven y apuesto de lo que pensabas, más joven y valiente de lo que hoy puedes soportar.

A la media hora llegó aquel famoso abogado de la Real Audiencia y de este marquesado, Juan José de Segovia. Bajó del carro con su palidez sepulcral, protegido siempre bajo la sombra artificial de un quitasol color carmesí, pese al tenue sol que apenas iba saliendo, y llevando en una mano la correa de su enorme perro negro, Medianoche. Si González de Socasa es elegante, este lo es más, o tal vez te parece así por su traje oscuro, su recatado sombrero de ala corta, su pequeña corbata granate. Es tu amigo personal, te ha contado sus cuitas y pecados capitales y veniales bajo secreto de confesión, quién eres vos para juzgar que se someta a penitencias de látigo y de cilicio. Quizás por eso su extraña palidez, como si estuviera aguantándose con ahínco un gran dolor que le carcome las carnes y, sobre todo, el alma.

Seguido por su esclavo, apareció en escena vuestro buen amigo, el padre José de Rivera, hijo del alférez real don Nicolás de Rivera y Ayala, famoso por haber logrado, junto a su socio, don Manuel Gil de los Ríos, un inmenso monopolio en el giro comercial de efectos de Castilla, como ropa, armas, muebles, etc. Al ver a tu amigo recordaste su brillante carrera religiosa, en todos los años de estudio siempre fue el primero de la clase y se graduó con honores y medallas condecorativas miles que aún conserva intactas en una vitrina de su casa de la calle del Rayo. Aunque fue por muchos años el capellán de las hermanas de Santa Clara, y luego, catedrático de Vísperas y Cánones en la Universidad, donde llegó a ser su rector, así como del colegio de San Juan Bautista, su verdadera pasión es el rectorado de una simple parroquia de indios: San Sebastián, a la que ha dado su vida entera trabajando con sus propias manos en la compostura del altar, del templo y del patio. Demás está decir que sus feligreses indios le respetan y, cada domingo después de misa, le regalan frutas, gallinas, corderos... tantos, que está pensando en ampliar un nuevo corral para apostarlos.

Hoy ves viejo a tu amigo, más viejo que Matusalén, y no te extraña, así también debes verte vos. Será por eso que adviertes que su sotana negra le dificulta el paso, por lo que el esclavo se la suspende para facilitarle el movimiento. Los ojos claros del padre Rivera parecen escrutarlo y discernirlo todo con avidez de pensamiento y de acción, pero bajo la particularidad de su propia diafanidad. No hay oscuridad alguna en esos ojos misericordiosos, aunque vos la buscaste incontables veces. No era un hombre interesante, a veces hasta le despreciabas por su bondad innata, un síntoma que vos atribuías a la debilidad de su carácter, como cuando fue a sacar de la cárcel pública a un mulato libre llamado Francisco Yanga, un pobre diablo que se había robado su costosa camisa de seda española. ¡Habrase visto!

Con mucho retraso llegó el hermano mayor del marqués, don Antonio de Otondo, canónigo racionero de la Iglesia Catedral, con un aura de tierra blanca en derredor, porque su coche había sufrido un vuelco en un segmento del camino atestado de curvas, denominado El Meadero, debido a la mucha velocidad con la que marchaba. Sus dos perros perdigueros salieron ilesos, igual que el sacerdote, aunque su sotana, adornada con un pequeño bordado de finos hilos de zaraza hecho por las monjas carmelitas, estaba sucia e irreconocible, sus recios zapatos de cabritilla suiza, con hebilla de plata y aplicaciones de rubíes, completamente embarrados, y sus flacos y blancos tobillos también, por lo que los indios tuvieron que bajarlo en una silla de mano, con la sotana chorreante de lodo, suspendida hasta las rodillas. Sin embargo, se repuso en un santiamén, porque a la media hora apareció vestido en oscuro traje de montar, con botas y casco de equitación, rica capa de terciopelo azul marino, tan larga que tapaba la cola del caballo. Su magnífica arma de fuego, pendiente de una correa, le cruzaba el pecho, y sus dos canes parecían marchar militarmente, custodiándolo como dos ángeles guerreros. Si bien es hombre de Dios, también es hombre de cacería, pensaste, pese a que él adujera sonriendo que llevaba esa indumentaria porque no traía otra sotana de repuesto, ya que su actitud libre, sus ademanes sólidos y decididos para cargar el arma a la perfección, como un caballero español de la edad media, respondían a los cánones del valor. El valor que debe tener un hombre, sea de Dios o del diablo.

Por supuesto, vos eres miedoso. No puedes entender la obsesión de aquellos hombres con cazar las aves del cielo que fueron libres desde el principio, desde la fundación del mundo. Por tanto, temblarías al tocar un arma de fuego, y por eso, cuando el marqués te convidó a la cacería, respondiste que está bien, que vas, pero como una especie de capellán, porque has mentido sonriendo y mostrando tus amarillos dientes al decirle que has hecho una promesa al Señor de no tocar jamás las aves de su creación.

QUINCE

Poco a poco voy comprendiendo tu duelo. Ahora comprendo por qué hablas solo con tus pajaritas negras. No sin razón hablas con ellas sin parar, en una conversación como para vos misma, sumida seguramente en los cercanos recuerdos multicolores de las rondas infantiles que las niñas cantaban, buenos días su señoría, mandandirun dirun da, o la otra canción que decía pasará que pasará, el hijo del rey se quedará, o la que se jugaba a modo de ronda, arroz con leche, me quiero casar, con una señorita de San Nicolás, que sepa coser, que sepa bordar, que sepa abrir las puertas para ir a jugar, con esta sí, con esta no, con esta señorita me caso yo.

Y vos que no quisiste casarte con Ángel Mariano de Toro. No puedo comprenderlo y quizá vos tampoco, pues no sin razón te veo paseando impávida bajo la lluvia cristalina de octubre que arrecia en nuestra huerta de tarcos floridos, árboles frutales y crisantemos rosados, deteniéndote en los sitios donde nuestras hermanitas saltaban a la cuerda cantando sus rondas o aquel jueguito infantil que precisaba ondear en el aire un pañuelito blanco, porque decía, soy la reina de los mares y ustedes lo van a ver, tiro el pañuelito al agua y lo vuelvo a recoger. Te detienes por el mismo lugar donde ellas dejaban tiradas por olvido sus muñecas de trapo vestidas de terciopelo que nuestro padre les trajo de Lima, por correr a merendar la leche endulzada y las galletas de amoniaco, mientras vos en el salón recibías la diaria visita vespertina de Ángel Mariano de Toro.

Hoy la huerta está vacía, y el salón también. Hoy que te veo pasar caminando bajo la lluvia como un espectro, creo que me he equivocado, hermana mía, pues no estás mojada de lluvia, sino de tanto permanecer bajo el aguacero salado y tornasolado de tus propias lágrimas.

DIECISÉIS

Aunque dijiste que marcharías a la cacería como una suerte de capellán, lo que hiciste fue comer y beber, bien acomodado en aquel campamento perfecto, un conglomerado de telas de damasco, de estufas de carbón, de mesas portátiles de largos manteles blancos, de servicio de cubiertos de plata del Cerro Rico y de copas de fino cristal francés, en medio de un bosque gélido y húmedo, lleno de neblina, lagunas heladas y diversa vegetación. Nunca habías imaginado que sería tan divertido y cómodo. Por eso, al calor de un brasero de carbón, masticando unas ricas pasas de Cinti y tomando de a sorbos un Syrah que trajo de su bodega privada don Indalecio González de Socasa, te recuestas en una poltrona forrada de terciopelo de color púrpura, a la sombra protectora de Tomás II o Éxodo, porque Tomás I o Génesis se ha quedado a cepillar a tus cuatro perros cobrizos y a colaborar, supuestamente, a los esclavos del marquesado, aunque vos sabes que usa ese pretexto para corretear a las esclavas jóvenes en el último patio, que es el de los esclavos. El pillo de Tomás I, sonríes, quién dijera que a su edad todavía anda en esos trotes.

Desde el ángulo en el que te encuentras tan cómodo, piensas que eres muy distinto a tu amigo, el padre José de Rivera, por lo que a veces no sabes cómo es que son tan amigos. A vos te gusta la abundancia, y él, en cambio, solo pidió que un esclavo le sirviera un modesto vino oporto para después sentarse sobre una roca, expectante y sencillo.

Como lo habías imaginado, el más diestro en la caza era el hermano del marqués, el padre Antonio de Otondo, que resultó poseedor de tal puntería, que a ratos te asustaba su presencia cercana, porque te veías ya muerto, cayendo a sus pies, cual perdiz herida. Gracias a su habilidad se llenaron decenas de canastos de perdices, que los esclavos acomodaban con avidez en costales de tocuyo, porque más tardaban las pobrecillas aves en agonizar y morir que en ser cazadas. Además de su magistral puntería, su éxito radicaba en el entrenamiento que solo una paciencia infinita como la suya habría podido inferir sobre sus canes, tan astutos y estrategas como su propio amo. Como pisando huevos, sin hacer el menor ruido, se introducían en lo tupido del bosque y, con aptitud de adivinos, se apoderaban de nubes de perdices; el padre con sus exactas municiones, y los perros, trotando y alcanzando a las moribundas, o saltando tan alto que las atrapaban entre sus colmillos, para después, campantes, entregarlas en trofeo a su amo.

Con su casi innato talento de anfitrión, el marqués celebraba las victorias de su hermano con largas treguas de caza, que parecían una escena de La bacanal de Tiziano, más que ese extravagante banquete campestre. Los mejores vinos de la región y quizá de la América estaban apostados en esa mesa. Tintos, rosados, blancos, de todos los tipos, como Cabernet Sauvignon, Merlot, Riesling, oportos, Tempranillos, Garnacha, Malbec, Chardonnay, Pinot. Y también quesos de oveja y de cabra, cortados en tajadas artísticas, tartaletas de flor de harina que las tiernas manos de la marquesa habían horneado, jamón serrano y ahumado de Tarija, racimos rubios de uvas de Cinti, aceitunas negras de C'achimayu, manzanas asadas de Limabamba y peras ámbar de Peraspampa cocidas al vino tinto y aderezadas con canela y vainilla cruceñas, truchas del lago Titicaca asadas a la mantequilla y almendras desmenuzadas, cocos de Yungas y mil manjares más.

En la primera tregua, el marqués recitó a Calderón de la Barca, pronunciando con énfasis que la vida es sueño, y los sueños, sueños son, y después de beber su vino tiró con ímpetu desenfrenado su copa francesa hacia las piedras del suelo, lo que llevó a que todos lo imitaran en cada tregua. Así que todo fue risas, poesía, vino y cristales rotos, como los de tu corazón.

Si los perros del padre Otondo eran tan diestros como él, el que te decepcionó fue Medianoche, el perro bobo de tu amigo Juan José de Segovia, que era elegante como su amo, pero no sabía cazar ni una mosca, y solo se echó al sol, esperando las caricias de su dueño, quien tampoco sabía cazar nada, pero que, al calor del vino, había recobrado el color de sus mejillas y estaba conversando amenamente de religión, familia y política con todos, bajo la sombra de un árbol y de su inseparable quitasol carmesí.

Por su parte, si bien a primeras vistas te pareció valiente y joven el militar don Indalecio González de Socasa, caíste en cuenta de que el sol revelaba ciertas arrugas en su cara, y que tenía tantas armas en sus petacas abiertas de par en par, que al final no sabía cuál era cuál, y que se le enredaban los dedos tratando de cargar los cartuchos, y en una de esas, ¡ay!, hasta se rozó ligeramente la mano con un accidental balazo, lo que le llevó a coger la mitad de una botella de costoso Barbera de su cosecha privada, llamada Juliana Anzoleaga en honor al nombre de su esposa, y sin pensarlo dos veces se lo vertió sobre la llaga. Diminutos ríos granates corrieron por sus botas, regando la tierra y ahogando a las hormigas; el hombre estaba tan alegre, que te lo imaginaste un Baco de Charcas.

En la segunda tregua, vos comías una tajada de queso azul con especias cuando levantaste rápidamente tu copa al escuchar la voz clara del marqués, que recitaba a don Alfonso Martínez de Toledo, Arcipreste de Talavera, refiriéndose a un grato momento que él habría pasado en su España del siglo XV, parecido seguramente al que ahora pasaban en el bosque de Cayara. Todos callaron, y el marqués, copa en alto, pronunció: Por ende, después de comer diversas y finas carnes en abundancia y mucho beber, conviene lujuria cometer, y de todo esto, el desordenado amor causa fue, pues verás cómo el que ama, gula por fuerza ha de cometer.

Risas y palmas, otro bullicio de copas francesas sacrificadas a las agrestes rocas, y los cristales rotos te trajeron nuevamente el recuerdo de tu dolorido corazón.

En tono de broma, el marqués dijo que se alegraba de que su

mujer no estuviera presente, porque de escucharlo recitar así, de seguro se enojaría y le pondría bajo penitencia, lo que arrancó a todos otra carcajada. Te sorprendió que hasta tu casto amigo, el padre José de Rivera, estuviese riendo también.

Se contabilizaron cuatro canastillas más de muertas perdices, o noventa y dos unidades, y mientras bebías tu séptima copa de Syrah, la tercera tregua no la celebró el marqués, sino don Indalecio González de Socasa, quien tintineó una cucharilla de plata contra su copa para que todos fijasen la atención en él, e hizo lo que debería haber hecho desde un principio, porque de caza, estaba visto que no sabía nada, así que aprovechó para dar una cátedra acerca de sus vinos, que, ¡vamos hombre!, de eso sí que sabe.

Comenzó, pues, agradeciendo al marqués la invitación hecha a su persona, y confesó que un grupo de amigos como aquellos no se lo encuentra todos los días, que por eso se había dignado a traer desde tan lejos, y no sin esfuerzo, esa cantidad de variedades de vino que, a su vez, los demás se han dignado a compartir con él, que para él no son solo botellas que contienen mágico líquido o que tan solo curan llagas, tal como presenciaron, sino que son como hijos suyos, porque los ha pensado, los ha amado, los ha catado en el alma antes de que existiesen, y son frutos de las vides que ha plantado con sus propias manos, frutos de los sembradíos que ha abrigado en invierno y que ha dado sombra en verano, frutos de sus desvelos y de sus experimentos; en una expresión, frutos de su alma que él quiere dar a conocer, dijo, como el Syrah 1755 que usted está degustando ahora, distinguido padre Suero, mire que es un vino de altura y personalidad absolutamente únicas, pues su color rojo granate tiene un aroma especiado, otorgado por su larga permanencia en barrica, ¡desde 1755!, y el Cabernet Sauvignon que usted bebe, amigo marqués Joaquín de Otondo, mire que es de un cuerpo y frescura muy particulares, como su color rojo carmesí, de sabor especiado, y guarda ese dejo fuerte de pimienta negra, con leve avainillado, como resultado del contacto con maderas de robles de Nancy, añejados en barrica de roble francés. O el Malbec que usted saborea, amigo del alma, doctor Juan José de Segovia, un vino de altura y de personalidad de alto nivel, tal como la suya, amigo, vino con aroma a café, guindas, grosellas, ciruelas y, quién lo diría, a chocolate, lo que le otorga ese fuerte color rojo rubí y la acidez necesaria para disfrutarlo. O el Merlot que usted ha escogido con sabiduría, mi caro amigo, padre Otondo, el guindo vino de tonos violáceos, a ratos púrpuras, de suaves taninos y de firme permanencia en el paladar, ideal para acompañar los jamones. Sin embargo, es preciso reconocer que, en mi opinión, la mejor elección la hizo el padre Rivera, y no lo digo por que sea mi gran amigo, sino porque el oporto simple es un vino muy querido para mí, pues es el primer tipo de vino que produjo mi viña San Pedro Mártir, con su color rojo y brillante y su inconfundible aroma a frutos maduros, tales como cereza y grosella de la región. La elección es simple, sin duda, pero es más sabia y distinguida que la mía y la de los demás, perdónenme por decir tal cosa, pero en todo, la simplicidad del oporto supera el Chardonnay que tengo en la mano, pese a sus hermosos tonos amarillos y verdosos y todo su aroma de frutas blancas, como la pera, y su fondo cítrico cargado de notas florales intensas. Felicidades, padre Rivera, usted es el ganador en el buen gusto, le enviaré cien botellas para que los feligreses de su parroquia conozcan de mi viña, para acompañar la santa comunión y, ante todo, para la mayor gloria de Dios.

Aunque tu amigo José de Rivera había quedado boquiabierto, al igual que los demás, no tardó en reaccionar y sonrió, como inmediatamente lo hicieron todos. De nuevo, bebieron el contenido de las recias copas y enseguida las tiraron sin piedad contra las rocas, dejándolas destrozarse ruidosamente, a la vez que sus sediciosas esquirlas quedaron esparcidas en tierra.

Solo por reflejo, vos pusiste la mano en el pecho, porque te pareció idéntico al acto de cómo fue que la vida te había desparramado encima tantas filosas esquirlas de cristal, que al final terminaron por destrozarte el corazón.

DIECISIETE

Juana de Dios: estás perdida en los vericuetos sin rumbo de tu memoria.

A veces intentas reencontrarte, pero no encuentras el camino. Para ello, procuras hacer las cosas que antes hacías, aunque en tu rutina no participen las palabras, pues hace varios días que no hablas con tu esclava Sacramento ni con nadie humano, ni siquiera con tus chulupías, que para vos parecen ser más que humanas. Estás aquí, y es como si no estuvieras.

Y como si nada, hoy te despertaste, y con tu acostumbrado camisón que ya está hecho una mugre saltaste de la cama, y canturreando una canción de cuna que decía duérmete niña, duérmete ya, te acomodaste en tu acostumbrada y vieja silla y respiraste el aire húmedo de nuestra huerta. Pero a veces, como ahora, eres tan etérea que pienso que vives sin respirar, por ejemplo, cuando te encuentro como te he encontrado hoy, siguiendo con tu atenta vista el vuelo de tus aves; cuando te encuentro como te he encontrado hoy, espantando tus devaneos del mundo real con el abanico de plumas blancas que nuestro padre te trajo de Potosí, aunque luego lo dejaste tirado por ahí; cuando te encuentro como te encontré hoy, tratando de bordar con tu pulso tembloroso las casullas que tenemos pendientes para los dominicos, los manteles de lino para el altar y ropas de holanda y zaraza para vestir a los santos de Santo Domingo.

Por espacio de una hora te quedaste con la aguja en mano, inerte y pensativa, mirando a lo lejos esos montes azules de tu ensoñación, mientras seguías cantando duérmete niña, duérmete ya, a tiempo que pronunciabas palabras ininteligibles mientras movías las manos al ritmo de tu propio compás.

Aprovechando entonces esta suerte de mejoría de tu trágica cotidianidad, no me quedó otro remedio que, por si acaso, arriesgarme en pensar que estás presente e interrumpir mis lecturas de la historia antigua de Polibio, de vidas de santos o de las distintas Sumas de teología moral o lo que fuere, para después acercarme lentamente hacia tu oído y, espantando a tus aves que te custodian como ángeles negros, preguntarte en qué piensas ahora que las niñas se marcharon hacia su viaje eterno, ahora que tanto vos como yo ya estamos a mano.

Vos, por sacrificarte por mí, y yo, por estar cuidándote con tanto sacrificio.

DIECIOCHO

Tu cabeza reventaba de dolor. Tanto vino no fue en vano, amigo mío. Ya no tienes edad para estas cosillas de chavales, no eres fuerte como Tomás I o Génesis, que es viejo, pero cuando quiere se pierde en andanzas de alcoholes y mujeres y luego regresa como si nada.

Por eso, después de dormir por varias horas y de perderte eventos varios, como la misa de siete que vuestro amigo José de Rivera ofició en la capilla del marquesado, ya no puedes dejar de asistir al desayuno o entremés mañanero, brunch, dirían los ingleses.

Es tarde, son las nueve y media, y aunque la marquesa te ha enviado a la alcoba el buen café de Yungas, acompañado de bizcochos delicados y huevos revueltos con tocineta, que ella denomina en su libro "duelos y quebrantos", pediste a Tomás II o Éxodo que informe a la servidumbre de la anfitriona que vas enseguida al salón, o "cuadra", como vos aún sueles decir.

Con mejor semblante del que tenías al volver de la cacería, te levantas apresurado, ordenas a Éxodo que te ayude a sacarte de las sienes las compresas frías que él te puso. Luego te ayuda a subirte tus calzones de lana, así como el pantaloncillo de tela, a meter tus gordos pies en los botines de cuero de cabritilla suiza, a abrocharte los corchetes de la sotana, a acomodarte la cruz de plata colgada al pecho y a echarte la capa de grueso terciopelo encima. Te peina los pocos pelos que aún tienes y perfuma tus sobacos con un poco del agua de colonia española que doña Joaquina de Urtisverea, cuarta marquesa de Bellavista, te regaló para vuestro santo el año pasado, en agradecimiento a los bautismos que efectuaste en sus sesenta y siete ahijados. Pese a la resaca, te sientes radiante.

En la cuadra, apostados en canapés rodeados de cojines de terciopelo italiano, se encuentran los muy selectos huéspedes del marquesado, los mismos hombres de la cacería y otros más. Sonríes a todos, por un instante te parece que la vida es bella, que así con toda esa lujosa y divertida parafernalia encima, bien vale la pena vivir, aunque a uno se le haya roto el corazón en mil pedazos, ¡qué diablos! Mirando a los costados, ves que las mesas del ambiente se encuentran llenas de manjares mañaneros, tocinetas y longanizas rellenas en masa de hojaldre, torta de natas, torta de quinua real, buñuelos con almíbar, alfeñiques de azúcar, torreznos, merengues, turrones de Alicante, zumos de frutas por doquier, leche de cabra y de vaca, café aromático y hierba mate de las tierras de las misiones jesuíticas del Paraguay.

Como siempre, la marquesa se acerca a vos. Está más risueña que nunca, revelando su buen dormir. Su blanca tez denota las líneas violáceas y azuladas de las venas de sus párpados, adornados por tan pobladas pestañas, y lleva un brillo natural de color rosa en los labios, que se te antoja tanto como esos merengues que ves al fondo sobre la mesa, como esos zumos rosados de frutilla, de grosella, de zarzamora.

Te da los buenos días mientras pides perdón a Dios por ser tan débil. Una esclava te sirve lo que le indicas: una taza de café fuerte sin azúcar, nada más. Tu anfitriona se sorprende, pero vos le aclaras tu repentina decisión: estás ayunando para librar vuestra alma del infierno, aunque esta última parte no se la dices, solo mencionas lo del ayuno.

Tras tomar asiento a tu lado, su buena memoria te sorprende, dudas: ¿podrá una mujer tan bella pensar con inteligencia? Tenemos una conversación pendiente, querido padre, te interpela, la última vez que nos vimos, antes de la cacería que descompuso su salud, usted quedó en narrarme la historia completa de su familia, y de allí, si su merced lo permite, recordar algunas recetas familiares que enriquezcan mi libro de lucidos banquetes, ya que como usted sabe, está próximo a publicarse.

Pero cómo no, marquesa mía, respondes, aunque en realidad no lo recuerdas exactamente así como ella lo dice. En fin, las mujeres siempre fueron para vos un enigma, como una caja de Pandora eternamente cerrada cuyo contenido desconoces. Si no hubieras sido cura, tal vez habrías resuelto el misterio, pero no, ya no hay remedio a estas alturas de tu vacía vida.

Entonces comienzas a contar a la marquesa que si bien los primeros Suero que pisaron tierra de Indias se "hicieron de la América", fueron llamados indianos y alcanzaron éxito (a excepción de Francisco, anotas en tu mente), no puedes decir lo propio de los Suero que quedaron en el principado de Asturias, por quedarse allí o por no hacerlo, ¿quién lo puede saber?, preguntas con aire de tanto realismo, que estás seguro que los ensoñadores ojos azules de tu interlocutora no te miran, sino que están ausentes porque han viajado hasta Llanes, hasta ese ámbito de brisa prístina y salina de mar. No sabes mucho acerca de tu abuela, doña Benita González. En realidad, lo único que sabes de ella es lo que tu padre decía, que era más cántabra que asturiana y que era como la mar llanisca, serena y buena cuando no arreciaba la tormenta. Siempre te quedó por saber la última parte del acertijo: ¿y cómo era entonces durante la tormenta? En fin, la verdad es que siempre pensaste que tu padre le tenía rabia, pero esta última parte tampoco se la comunicas a la marquesa, por vergüenza, que eres muy proclive a sentirla.

De tu abuelo sí sabes todo. Don José de Suero pertenecía a una antigua familia linajuda de Niembro, un estuario de la provincia de Asturias, en el consejo de Llanes o el pueblo que antes del siglo XVII se llamó Puebla de Aguilar, Principado de Asturias. Moraron en la tierra de Niembro, provincia de Oviedo, entre el Cantábrico, las provincias de Santander, León y el partido de Cangas. Mis antepasados estuvieron allí desde que las Cortes de Valladolid acogieron representantes del pueblo de Llanes, pronuncias sonriendo y sin dejar de mirar a tu interlocutora. En las juntas del principado, estos tenían el segundo asiento después de los de Oviedo, así que Llanes junto a Cangas, Tineo y Ribadesella formaron las cuatro villas "sacadas del principado", perteneciendo así al vínculo del príncipe de Asturias.

Pero es de Llanes que quiero hablaros, marquesa mía, o de Puebla de Aguilar, como aún se refería mi padre a su lugar de nacimiento, una villa tranquila y pacífica gracias al fuero de independencia del rey Alfonso IX, quien en el siglo XIII hizo construir murallas, un torreón de defensa y la iglesia de Santa María del Conceyu, por amor al territorio. Los llaniscos son cántabros y asturianos a la vez, son raros, porque son una amalgama de ambas razas, son pescadores, son vineros, son saladeros, son gente de mar.

Benita González se casó con mi abuelo José de Suero como a mediados del siglo XVII. Él era uno de los tantos abogados del principado ejerciendo funciones en el concejo administrativo de justicia de Llanes, cristiano fiel. Tuvieron cuatro hijos varones, Mateo, José hijo, que fue mi padre, Francisco y Sebastián de Suero. Siendo no muy viejo, mi abuelo enfermó del vientre y sufrió indecibles tormentos de dolores que, todos a una, los dedicó a Dios, pues se pasó siete años en cama, con el vientre hinchado y vomitando sangre. Que el Señor lo tenga en su reino.

El primer año de su desahuciada enfermedad, y ante las increíbles noticias de la América y de la plata potosina, mi abuelo bendijo a sus jóvenes hijos y les rogó que se marcharan a forjar un mejor destino, pues temía que acabaran como él, viejo, pobre y enfermo, y con muchas obligaciones que atender, pues no dejaba a ellos herencia alguna, a excepción de la casa solariega que quedaba en el paseo de San Pedro. Benita González lloró porque sabía que si se iban, jamás volvería a verlos, pero supo bien qué hacer: quedó allí, en compañía de su hijo menor, Sebastián, quien trabajaría en el Concejo en el lugar de su padre, ganándose el pan, a tiempo de que la colaboraría en la difícil tarea de cuidar al enfermo. Todo el recuerdo que mi padre guardaba de su madre, mi abuela, era la despedida en el puerto, decía que fue en un día arrebolado, ella ondeaba al aire un pañuelito blanco en son de despedida, mientras sus lágrimas se las llevaba el viento marino, nada más. Contaba que la miró intensamente, porque sabía que era la última imagen con que la recordaría;

renunciaría después a acordarse de ella y sus cambios de humor, de las tardes de siesta en las que Benita González despertaba enojada por los bullicios infantiles de sus niños, y entonces gritaba y daba de coscorrones a todos, menos a Mateo, su niño taheño y predilecto, con quien comparaba siempre a José, mi padre.

Al contrario, la impresión de la despedida en Mateo fue en todo distinta. No quiso mirar a su madre, porque sabía que el corazón se le atosigaría en el centro izquierdo del tórax, y mirándola solo conseguiría bajarse de la nao para llegar a nado a sus faldas y echarse a sus brazos. En un rincón de la nave, durante varios días lloró por ella, escondido y desesperado como un infante, y aun en su vejez, la recordaba risueña en el momento previo a las cenas hogareñas, ella sirviendo el plato al calor del fogón, sus mejillas encendidas, la rica fabada caliente con pantruque puesta en el centro de la mesa, y sus ojos cántabros llenos de amor.

Por lo demás, sepa usted, marquesa, que Benita González esperó a que muriese su marido, esperó siete años pacientemente, curándole, cambiándole, lavándole, rezando por él hasta aquella mañana de temporal en que el agua golpeaba las ventanas de la casa y mi abuelo apareció muerto, con una sonrisa helada en los labios y sus manos asiendo fuertemente contra el pecho su libro de salmos. Entonces ella, que no era tan vieja, se vistió de negro y enterró a su marido para después marchar a América, pues había tenido noticias de que sus hijos moraban entre Potosí, La Plata y Lima, tres principales ciudades del Nuevo Mundo. Decidió embarcarse a pie, porque ningún navío quiso llevarla pagando la mitad del pasaje, que era todo lo que llevaba ahorrado. Se despidió de Sebastián aconsejándole que fuera un buen cristiano, y tras esperar que este marchase al trabajo, se ahogó en medio de la mar.

¿Y Sebastián?, te pregunta la marquesa misericordiosa, con los ojos un poco humedecidos a causa del relato, pero vos le respondes que Sebastián implica una compleja historia y que la contarás en otra ocasión, disculpándote por no completar la narración como ella quería.

Los hijos de Benita nunca supieron exactamente cómo murió, continúas, siempre pensaron que falleció de muerte natural, hasta que por esos extraños caminos del Señor, marquesa mía, llegué a sostener correspondencia con mi prima española María de Suero, quien me reveló aquel mortal secreto a voces en todo Llanes. Aunque mi tío Mateo aún estaba vivo, jamás se lo confesé, porque ya no había qué más hacer al respecto, hubiese sido una crueldad, un sacrilegio, ¿no lo cree usted, marquesa?

Seis años antes de que Benita González emprendiese su viaje a pie, los tres hermanos Suero obedecieron a su padre y marcharon a América, o mejor dicho, fue Mateo, el mayor, quien convenció a su hermano José, porque el gran defecto de este era que todo le daba igual. A Francisco no había necesidad de convencerlo de nada, porque desde niño se arriesgaba a todo, a perderse hasta la noche entre los ríos y los matorrales, cazando sapos y bajando de las colinas dando volteretas que le dejaban cardenales en el cuerpo. Será por ese carácter decidido de Francisco que, en 1704, con apenas diecisiete años, al pisar el puerto de Buenos Aires se enamoró de la gente, de sus costumbres y, particularmente, de una mujer mayor, robusta y de mala fama, que lo ahijó en su casa de juegos tras una noche de juerga. Aunque se despidió de ella y viajó con sus hermanos hasta Lima y Potosí, al sentir el frío invernal de esta última ciudad, y después de comulgar en la iglesia de la Merced, fue a la posada en la que estaban hospedados, cogió sus pocas ropas, unos cuantos maravedís que había ganado jugando a los dados en una taberna y, a la medianoche, mientras sus hermanos dormían, se largó al puerto de Buenos Aires, dicen que a los brazos de aquella mujer. Quién sabe lo que pasó con Francisco, lo cierto es que jamás volvió a tenerse noticias de él, salvo a la hora de su muerte, cuando sus acreedores comenzaron a presionar a los hermanos mayores por las deudas de juego que el difunto había contraído. Cuarenta y cinco años después, llegamos a saber de dos nietos suyos, Francisco Esteban y Pedro José, declarados pobres de solemnidad en Buenos Aires, por un documento que llegó inesperadamente a manos de mi tío Mateo. Pobres chavales, que Dios los ampare.

Vea usted, marquesa, te extiendes en tu relato, aunque dijiste que ya no lo ibas a hacer, quién te entiende. Vea usted, marquesa, que aunque tuve padre y madre, que se conocieron y, por esos raros efectos del amor, se casaron en el Callao, el que me ahijó de corazón fue mi tío Mateo de Suero, digno caballero de la Orden de San Carlos, que Dios tenga en su gloria. Mencionas esto recordando que fue Mateo quien te salvaba de los respectivos castigos de tus padres, allí, en esa extensa y diabólica casa de playa del puerto del Callao de tu infancia.

Los Aybar Ponce de León eran muy arraigados a su tierra, aclaras, y por años retuvieron a su mimada hija Micaela, mi madre, hasta que murieron de tanto insistir. Una vez libre, mi madre pudo irse del Callao junto a su nueva familia: mi padre, mi tío y yo.

No le dices nada a la marquesa, pero en una ráfaga de remembranzas, recuerdas que si bien tu madre te pegaba en las manos por las distintas travesuras infantiles que inocentemente hacías, tu padre te castigaba más con su indiferencia. Jamás te dio siquiera un abrazo, una tenue mirada cálida, un gesto amable. Nada bueno puedes decir de él, nada.

Es entonces que creyéndote un niño malo por recibir tantos castigos, supiste también que no estabas solo, pues como un alma bendita aparecía tu tío Mateo en la diabólica casa de playa donde las gaviotas graznaban ensordecedoras, te tomaba de una manito y te llevaba a su piso de soltero, donde no hacían más que divertirse juntos. Mientras te enseñaba a leer mostrándote libros de arte y de mitología griega, te curaba las llagas de las manos con pomadas de manzanilla y te hacía sentir que la vida era buena.

Tu tío Mateo murió creyendo que no recordarías esos cruentos episodios de tu vida, y quisieras ciertamente no poder recordarlos, pero los recuerdas desde siempre, aunque jamás se lo dijiste —de nuevo— por no cometer un sacrilegio. En su vida posterior en la corte de estos lares, Mateo había barrido de su memoria a su hermano y cuñada, jamás mencionaba a tus padres, así como vos jamás mencionaste a la madre de su alma, Benita González. Era como un pacto sin palabras, como un código secreto y poderoso entre ambos para no morirse de dolor.

Por todo eso y más, estás seguro de que Mateo te ahijó; él hizo el papel que tu padre debía haber hecho. Pero esa es otra historia, que, como la de Sebastián, después le narrarás a la marquesa, hoy no, ya no.

Recordar estas cosas te hace daño al corazón. Como tu tío, tienes miedo de morir de dolor. Si hace rato decías qué diablos, en este preciso instante pronuncias quedamente: ¡Dios!, misericordia de este siervo tuyo al que le han deshilachado el alma.

La taza de café se ha enfriado en tu mano trémula, y la marquesa, que no se percata de las bullas dolorosas de vuestra diástole y sístole, ordena que te sirvan otra taza, mientras acaba de escribir con su aún medieval caligrafía la receta de la fabada de Benita González.

Bravo, padre Suero. Por una vez en vuestra vida, amigo mío, has dicho las verdades, aunque todavía has callado algunas. Sin embargo, y pese a tus súbitos ayunos, no te alcanza para entrar en el reino de los cielos.

DIECINUEVE

Nuestro tutor, el padre Antonio del Risco y Agorreta, ha venido hoy a casa, desligándose de sus miles de obligaciones de siervo de Dios, para ocuparse de una niña loca como vos.

El padre dice que no hay atisbo de locura en vos, pero sí un duelo hondo y desaforado que a veces puede resultar peor que la locura misma. Eso dijo después de rezar a solas una oración susurrante que parecía un exorcismo, y de encomendarte a la virgen de los Siete Dolores, luego de encargarnos a todos que te cuidáramos y no te perdiéramos de vista, que te diéramos fricciones con pomadas hechas de eucaliptus y romero, y que para comer, te preparáramos higos en almíbar, porque probablemente podrían alegrarte la vida; lo dijo después de interrogarte cosas varias, como tu propio nombre, y no lograr respuesta, sino tan solo lo perdido de tus inmensos ojos de color caramelo mirando aquellas lejanas montañas azules.

¿Allí estará, hermana, tu paz, tu olvido?

VEINTE

Una noche más de banquete en el marquesado de Santa María de Otavi. Mientras que con tenedorcillo hecho de plata del Cerro Rico comías una porción de torta de pasta preparada a base de almendras cocidas en agua de azahar, ámbar y almizcle, le contaste a la marquesa una historia que habías prometido y que, a tu pesar, es una historia de muerte.

La historia de tu tío Sebastián, el menor de los Suero, hijo ejemplar que murió en Puebla de Aguilar después de cuidar a su padre en su larga y sufrida enfermedad, que, como ya sabe ella, duró siete años. Siete años que no impidieron que Sebastián se casara y tuviese hijos.

Narraste que, pasados unos días de las consecutivas muertes de su padre y de su madre ahogada en la mar, Sebastián había permanecido bebiendo vino, encerrado en su aposento, y tras la insistencia de su mujer, que le decía que coma algo por el amor de Dios, bajó a la cocina y tomó la sopa de su destino.

Notaste que la marquesa puso cara de no comprender bien. Sí, marquesa, insististe, de su destino. Cabizbajo, sin decir palabra alguna a alguien, salió de su alcoba y tomó la hirviente sopa de col que su mujer le había servido y después murió.

Eso lo aseguraron sus hijos, niños en aquel entonces, José, Plácido y María, a través de varias cartas que enviaron a América muchos años luego de lo acontecido, ya siendo adultos. Según ellos, de allí en adelante jamás volvieron a saber nada de su madre, a la que culparon de la muerte de Sebastián, con quien fuera casada y velada según la Santa Madre iglesia por más de diecisiete años.

Sin embargo, dicen que a la asesina mujer no le importó nada ni nadie, de cascos ligeros como se la conoció desde siempre, tomó su equipaje y, dejando las comodidades de la casa matrimonial, se marchó lejos con un mozuelo desconocido que era molinero, en fin, un pobre diablo que le había encendido la pasión. La mujer, cuyo nombre escapa a mi memoria, jamás volvió a su antiguo hogar, comenzó una nueva vida en otra ciudad, con otras gentes.

Respecto a los huérfanos, los dos varones fueron recogidos por vecinos amigos, y la pequeña María, por las monjas de San Agustín, que la educaron bien.

La injusta muerte de Sebastián, que Dios le tenga en su santo reino, valió que sus hermanos mayores, José, Mateo y Francisco indemnizaran, a través de un documento poder, a los tres hijos de Sebastián, haciendo renuncia de toda su legítima paterna y materna.

Terminaste diciendo que esa herencia consistía en una casa de la ciudad. En esta crecieron felices los hijos de tu prima hermana María de Suero, que se casó con Domingo Balmorí, primogénito de una distinguida familia asturiana.

¡Eureka!, te dieron ganas de decir, como el sabio Arquímedes. Lograste el efecto que buscabas en la marquesa. Querías ver brillar sus intensos ojos de ese azul claro de mar que te vuelve loco. Querías ver jugar con la luz de las velas del salón el brillo de las piedras de topacio que pendían de sus orejas y de su esbelto cuello. Querías ver brillar la pálida piel de su rostro, y que tu acento español y tus dotes de narrador le otorgasen un poco más de color momentáneo, aunque vos preferirías su palidez de nácar por siempre. Querías que ese momento durara eternamente, pero solo fue como un relámpago platinado en medio de la inmensidad del cielo.

Querías poner un ancla en el tiempo.

Diste fin a tu porción de torta de pasta y, por supuesto, la marquesa te ofreció otra, que vos, pecando de gula, aceptaste de inmediato. Al acercarte el platillo, su tibia mano rozó la tuya. Quisiste asir la pieza de porcelana y no pudiste. En un instante la masa se descompuso de su dulce y delicada unidad de almendras perfumadas, como el aire que rodea a la marquesa.

El platillo rebotó y se hizo añicos contra el suelo alfombrado con un tripe traído desde Toledo.

VEINTIUNO

Después de darte dos higos en almíbar que, según dijo el padre Antonio del Risco y Agorreta, probablemente te alegrarían la vida, te dormiste cansada. Te arropé entre las sábanas, bajo la atenta mirada de Sacramento, que no confía en mí y se toma el trabajo de dejar en su cuartucho a su marido, Pablo Congo, para venir a cuidarte y dormir tapada con un phullu sobre un cuero de res, al pie de tu cama.

Cuando me disponía a acostarme, me percaté que el balcón de mi aposento estaba entreabierto; fui a cerrarlo, y entonces, Juana de Dios, hermana mía, fue que lo vi. Era Ángel Mariano de Toro, más alto y hermoso que nunca, con una pequeña florecilla blanca en un ojal del traje oscuro, y todo su hálito de vigor y juventud a cuestas.

Mira, me dijo, y al decirlo sonrió nervioso, mostrando sus adolescentes dientes perfectos. Escalando los muros de piedra de la casa, me dio esta florecilla blanca, pero no, hermana, no insistas, no te voy a decir si es para vos o para mí.

VEINTIDÓS

Muerte. La vida del hombre está rodeada de muerte, piensas ya solo, acostado en tu recia y tallada cuja de huésped, mientras el bullicio de las conversaciones y risas del salón del marquesado aún te llegan a los oídos.

Hace un rato no pudiste más, terminaste la historia de muerte de tu tío Sebastián de Suero, besaste la mano de la marquesa y diste las buenas noches, excusándote por un repentino dolor de cabeza inventado.

Sí, la vida del hombre pende de un hilo, del hilo de la muerte.

VEINTITRÉS

No, no. No puedo decirte que Ángel Mariano de Toro ha vuelto a venir a casa.

Ahora que estás tan loca, quizás decida casarse conmigo. Y yo te cobijaría en mi hogar de casada, como lo que soy, tu hermana misericordiosa, y te cuidaría para siempre, a la par que cuidaría de mis muchos hijos habidos con él.

¿No sería hermoso, hermana mía, que la peste se fuese de esta ciudad y ya no tuviéramos la más remota posibilidad de contagio, para que podamos vivir al albergue del cariño? ¿No sería hermoso que Ángel Mariano renunciase a su soltería y se ocupara de la escribanía de su padre y del padre de su padre? ¿No sería hermoso que yo también renunciase a mi literatura de viejos y me abriera a las puertas del hogar, del tierno cuidado del esposo, de los niños, de las cosas cotidianas?

Pero la peste no nos da tregua. Alguien muere cada día en esta ciudad, que ya debe estar vacía por toda la gente que la enfermedad ha matado. Y tal vez hasta Ángel Mariano de Toro enferme de peste, y su fuerza juvenil no alcance, y muera dejándonos con los rulos hechos, como estúpidas viudas antes de habernos casado siquiera.

VEINTICUATRO

Sabes que esto no tiene sentido. Venir a esta cómoda hacienda, comer, beber, reír, admirar la belleza de la marquesa, narrarle acerca de lo único sólido que has tenido en tu vacía vida, tu familia, que habrá sido medio loca y todo, pero la familia es la familia, y todas las familias tienen su propia historia de locura.

Pero igual, no tiene sentido. Qué haces aquí, adormilado en tus laureles en vez de estar adoctrinando a los indios. Qué haces aquí en tu cómoda, calentita, tallada cuja de huésped del marquesado, cuando afuera los demonios están llevándose cada vez más y más cantidad de almas de indios al Seol.

Por eso, con la rapidez que vuestro viejo cuerpo te lo permite, te pones en pie, llamas a gritos a Tomás I o Génesis o Tomás II o Éxodo, a cual fuere, pero que vengan, que te ayuden a vestirte, mas nadie acude a tu llamado, porque están demasiado lejos cepillando a los perros o correteando a las esclavas jóvenes, y es ahí entonces que todo tu religioso ahínco se quebranta, porque ves encima de la mesa un sobre sellado, con tu nombre escrito en azules letras, invitándote esta noche a otro banquete más que ha organizado la marquesa de tus sueños.

VEINTICINCO

Burlando el cuidado de tu esclava Sacramento, te levantas en lo oscuro de la avanzada noche y vas en dirección a la huerta. Tomas un candelabro, enciendes las cinco velas puestas y, a diferencia mía, que me muero de miedo, caminas descalza entre las sombras, con tu desgastado camisón de lino que no has querido cambiarte desde hace ya varios días, y tus rubios cabellos, que no has querido peinarte, sueltos al ras de las rodillas. Tal vez vos me das más miedo que estos nuestros fantasmas familiares que viven en casa, pero te persigo igual, desafiándome a mí misma.

Esta noche de octubre es clara, la luna platinada brilla en medio de una extraña nube blanca, y el aire es húmedo, tibio y tan pesado, que me provoca más miedo todavía. Buscas algo y no sé qué es. Y yo que pensé que de acuerdo a tus últimas ocurrencias te ibas a poner a contar las estrellas o algo así.

Me cuesta caminar intentando cuidarte, porque estoy temblando, y al mismo tiempo que vos caminas mirando por todos los rincones, retrocediendo, virando y repitiendo dónde está, dónde está, dónde está, cuido de mí misma, pensando que los fantasmas de mis lecturas también me persiguen y que en cualquier súbito instante me tocarán el hombro y me dirán ¡búuu!

Pero mientras lo voy pensando, te detienes al fondo de la huerta, donde está el desván en el que guardamos los muebles viejos de nuestra familia, que datan del siglo pasado, y otras pertenencias que en vida fueron de nuestros abuelos y bisabuelos. De un baúl de cuero tachonado de metal sacas la polvorienta toga oscura que nuestro padre usaba para las solemnes ceremonias de la Universidad, sacas el birrete con borla de seda, las bandas, las insignias de fray Juan Frías de Herrán, las insignias doctorales, las medallas con el escudo de la Universidad, el ósculo, los libros de oraciones y evangelios en latín, los misales varios, el librito de elegantes oraciones latinas que servían para ordenar a los graduantes y que papá nos enseñaba después de los almuerzos de domingo.

Con un movimiento tácito, tiraste encima de aquella colina de sacros objetos las cinco velas con el candelabro incluido, recitando accipe osculum pacis in signum fraternitatis et amicita, accipe osculum pacis in signum fraternitatis et amicita. El fuego comenzó a arder a punto de que brillaba en tus pupilas, mientras repetías accipe anulum aureum in signum coniungi inter te et sapientiae tanquam sponsam charissima, y fue ahí entonces que los esclavos y nuestros indios de servicio dieron voces y salieron descalzos para ver a qué se debía semejante resplandor, mientras vos acertadamente repetías la tercera y última parte de la ceremonia de doctorandos, accipe librum sapientiae ut possis et publice alios docere, amén.

Aunque yo trataba de librarte de tu propia locura y te arrimaba hacia la puerta para que saliéramos, tu violencia me empujó sin mirarme, sin decirme ni una sola palabra, y caí violentamente.

Sacramento y Pablo Congo nos levantaron en vilo, nos pusieron a salvo, y nuestros indios Dámaso Huayra y Renata Piedra echaron mantas encima del fuego, apagándolo.

Cuando te miramos, quisimos encontrar una respuesta, pero nadie la halló pese a que comprendí tu última frase susurrada y dramática: ¡Conburite vim divinam in gehennam ignis!, que alude una orden para que los diablos ardan con el fuego divino.

Tus ojos brillaban como gravados aun con el resplandor azul y dorado de tu locuaz fogata; pero estoy segura hermana, tus ojos estaban profundamente dormidos.

VEINTISÉIS

Pese a lo mucho que quieras demostrar, solo eres un hombre. Un hombre viejo. Un hombre cultivado. Cultivado en los cánones del derecho canónigo y del derecho civil, en la historia del mundo. Un hombre guloso. Un hombre de costumbres arraigadas, nada más. O, lo que es peor, un hombre atascado en los densos pantanos del reino de la tristeza, que como música de cítaras sube a vuestro corazón causándote dolor. Un hombre al que le falta resolver asuntos pendientes antes de partir con el Señor. Sí, con el Señor.

¿O con el diablo?

VEINTISIETE

Hoy, cuando la lluvia persistía en forma de garúa vespertina, te despertaste de tu siesta de apenas liviana duermevela, que me permitió proseguir con mi lectura de Símbolo de la fe, de Fray Luis de Granada, en un tomo de pergamino, lecturas que tanta falta hacen para la expiación de mi pecadora alma.

Hermana, te veo aterrada cuando afirmas que el demonio está en la huerta. Como escapando de vos misma, corres dentro de la casa, levantándote por delante el sucio camisón que te queda largo e incomoda tus zancadas, y te encierras con pestillo en el aposento que fue de nuestros padres, gritando que, por piedad, saquen de la casa al demonio, que lo saquen y que lo saquen.

Inútil ha sido que los esclavos te mientan y, siguiéndote la corriente, te digan que sí, que han echado agua bendita a la tierra de la huerta y que el maligno ya se ha ido. Inútil que se hayan quedado a la puerta, porque al cabo de dos horas y media vos seguías gritando que el demonio habitaba en la huerta, riendo y columpiándose en las ramas de los árboles, sacando los mejores frutos y tirándolos. Insistes en lo mismo, que por misericordia saquen al demonio de la casa, que lo saquen y que lo saquen.

Inútil que el padre Antonio del Risco y Agorreta te hable, porque tus propios gritos te impiden escucharlo, aunque ha sido traído de urgencia desde la paz de su despacho. Entonces, mientras clamas que por el amor de Dios saquen al demonio, que lo saquen y que lo saquen, que está brincando por los tejados y está a punto de hacer su voluntad, el padre quita de una pared el gran crucifijo de madera que allí estaba colgado y ordena a Pablo Congo forzar la puerta del dormitorio donde te atrincheras.

Al traspasar el vano de la puerta, te encontramos en un rincón, descalza y bañada en lágrimas tornasoladas, tus rubios cabellos enjugando el piso alfombrado, abrazada a tus propias rodillas. Mentiríamos, hermana, si dijéramos que nos asustaste, porque la que se asustó fuiste vos: un pálido cura con crucifijo en alto, una niña triste vestida de luto, que era yo llevando el candelabro en mano, y por detrás, nuestros esclavos e indios, quienes llorando rezaban el credo, pronunciando en alta voz, creo en Dios Todopoderoso, creador del cielo y de la tierra, creo en su santísimo hijo y María siempre virgen...

Era como para salir corriendo, lo que en efecto hiciste, demostrando así que no estás tan loca como pareces.

Pese a sus años, el sacerdote corrió tras de vos, te sujetó con fuerza, tomó asiento en un diván y, haciéndote sentar en sus rodillas, con perspicacia y seria voz dijo que la huerta de tarcos floridos, árboles frutales y crisantemos rosados estaba libre de toda influencia del demonio, que él en persona había echado agua bendita en las cuatro esquinas, y sonriendo aseguró que, si querías, hasta podría celebrar una misa allí mismo.

Pestañeaste y, sin decir ni una sola palabra —lo juro—, con los ademanes más recatados y elegantes que he visto en mi vida, te desasiste de los brazos del cura, y dando un par de pasos de una suerte de minué, recogiste del suelo el crucifijo de pared que había sido olvidado en medio de esta tu propia cruzada de salvación, y te lo colgaste al cuello para llevarlo por mucho, mucho tiempo.

VEINTIOCHO

Tu prima española María de Suero te escribió durante años y años, hasta que la visión se le nubló a causa de la edad y fue su marido, Domingo Balmorí, quien hacía las veces de su amanuense. De todas estas cartas parten tus pensamientos.

Sin saber bien por qué, has comenzado a pensar en tu cántabra abuela, Benita González. ¿Qué se le pasaría por la cabeza al intentar caminar por las aguas, cual Pedro apóstol?

Mientras el agua salina le entraba a borbotones cruentos por la garganta, por los oídos, por los ojos, has imaginado que probablemente ella pensaba en los atardeceres soleados y ventosos de playa en los que su marido dormía por cortos intervalos, dándole tregua de su enfermedad, y ella permanecía sentada en su sillón, hilando la lana de oveja que bailaba amenamente con el huso entre sus manos huesudas y fuertes, mirando el mar. Escarmenaba y escarmenaba, e hilaba e hilaba, mirando siempre el mar a través de una pequeña ventana del aposento del enfermo.

Era tan experta en su labor, que no necesitaba la vista para llevarla a cabo. Necesitaba ver hacia el mar.

Tu prima escribió que con esa rica lana siempre quiso tejer prendas para el invierno, cobertores, ruanas, fundas. Pero dijo también que, como Penélope, destejía lo tejido, en su caso, fingiendo encontrar un defecto al trabajo de sus manos, y seguía mirando el mar.

Piensas que se preguntaba el misterio que guarda la profundidad de esas aguas atlánticas. Sabía de memoria el itinerario de los barcos, a qué hora llegaba el navío de sardinas, a qué hora partía el de vinos.

Piensas que acabó odiando el mar. Ese mar agrio que se llevó a sus hijos consigo, ese mar que le dolía en sus huesos de madre.

Por eso, cuando murió su esposo, decidió partir a pie, enfrentar así sus temores, a sabiendas de que estaba jugándose la vida, una vida que ya nadie querría vivir, mucho menos ella, sin sus tres hijos ausentes. Pero, a diferencia de Pedro, apóstol del Señor, que tenía al mismísimo Mesías a su lado en aquella noche tempestuosa, Benita González se ahogó al amparo del hada maligna de su propia desolación.

VEINTINUEVE

Anoche, mientras llovía, soñé que morías como la reina Catalina de España, con un agujero negro en el centro del corazón.

Ya no puedo cuidarte más. Me sofoca este tu duelo construido de muros y torreones de silencio que no quieres romper, o que, cuando lo rompes, lo haces con frases importantes e inteligentes que se esparcen en el aire como dagas al azar. Me sofoca verte todo el día, si no en cama, deambulado por aquí y por más allá, cada vez más ausente de todo lo que te rodea, acometiendo cada día, distintas locuras de amor.

He llegado a creer que estás endiablada, aunque vives asida a la cruz pendiente de tu cuello y no quieres que nadie la toque. Por eso, le pedí a tu esclava Sacramento que llamase al padre Antonio, para que venga y te dé los santos óleos, pues es un hecho probado que estás más loca que una cabra.

Desconfiando de mí, la Sacramento no ha obedecido por quedarse a tu lado, y le ha pedido a su marido, Pablo Congo, que vaya en lugar de ella. Y el padre ha venido hace rato, y ya se fue, dejándote tranquila en cama, después de rezar.

Mientras la esclava parte un higo para dártelo en cucharilla, te digo: sabes, Juana de Dios, pienso que el padre es bastante ridículo, pero shsss... —María del Carmen de Gil pone su dedo índice sobre sus labios— no vayas a decírselo, hermana mía, imagínate que tan solo se le ha ocurrido ordenarnos una novena a la virgen de los siete dolores, pedir que te diéramos estos famosos higos en almíbar para que te alegren la vida y rezar esas oraciones que a mí me parecen exorcizantes.

¿Qué influjo tienes sobre él, Juana de Dios? —María del Carmen de Gil mira furiosamente a su hermana— ¡En vez de pronunciar unas fuertes oraciones en latín hasta que el demonio que atormenta tu alma salga despavorido, o mostrarte la santa cruz de Cristo nuestro Señor y echarte agua bendita hasta que te quemes por dentro!

Pero a mis justos y cabales comentarios esta vez no responde tu silencio caprichoso, sino tu risa. Sí, tu risa, en medio de la que se deslizan tus palabras cuestionadoras. ¿Acaso soy Nosferatu?, me preguntas riendo.

Y yo me quedo recordado que era papá quien nos decía que Nosferatu venía si no comíamos las verduras o si no dormíamos temprano, y nos engañaba diciéndonos que cuando una lámpara se apagaba por el viento, era en realidad Nosferatu apagando las luces de la noche, y que el único remedio era echarle agua bendita o matarlo con un estaca afilada de madera.

Por eso te burlas, destornillándote de risa: ¡Ea, hermana, que te falta nombrar la estaca de madera!

Y de nuevo, me quedo pensado en nuestro amoroso padre, que inventaba estas historias por amor o devoción de viudo, desgastando su vida en nuestra educación, y vos defraudándolo de esta manera: mofándote. Lo pienso, pero no lo digo, porque sigues riendo, abrazándote el abdomen y dando de pataletas en la cama, tanto así, que la risa se le ha contagiado a tu esclava Sacramento, que aunque no sabe quién diablos es Nosferatu, ríe tapándose la boca, pues le faltan algunos dientes. Ambas se ríen de mi cara.

No tienes remedio, Juana de Dios de Gil, te espeto con rabia y voz alta, y como si no estuvieras loca, contestas lógicamente, mientras sigues riendo, que los higos en almíbar que te dio el padre Del Risco y Agorreta, esos son tu remedio.

Sin embargo, en lo que voy saliendo de tu aposento, te vuelves a poner loca de repente y, sin dejar de reír, coges los higos en almíbar que reposan en un pocillo de cristal y los lanzas como piedras contra mí.

TREINTA

De repente te ves descubierto por otro que no eres sino vos mismo, amigo mío.

Te ves derramando gruesas lágrimas de dolor. El Señor ha sido tan bueno y misericordioso con vos, jamás padeciste hambre ni pobreza alguna, y tal vez tu vacía vida y flojo ministerio no te alcancen para salvar ni siquiera una sola alma. Sientes fuego en el pecho por querer ser como Domingo de Suero Leytón y Ribera, vuestro primo hermano bastardo y cinteño, cura de Chulchucani.

Pero esa es otra historia, como las tantas que llevas en tu cabeza y en lugares recónditos de tu oscuro corazón. Por eso lloras, y no es la primera vez.

Tu esclavo Tomás I o Génesis te alcanza un pañuelo, porque llorabas como un infante sentado sobre tu cuja, apoyado tu codo izquierdo sobre la mesa de noche, mientras con la mano derecha te dabas fuertes golpes de pecho.

El esclavo te sujetó la mano, pues le pareció que ibas a destronarte alguno de tus viejos huesos torácicos, y hasta pensó que estabas llorando por tu abuela cántabra ahogada en la mar hace como ciento cuarenta años, pero vos, inspirado en Saulo de Tarso, no hacías más que repetir algo así como que el aguijón de la carne no te dejaba lugar a la santidad. Maldito aguijón, decías ahogado en llanto, maldito, maldito, mil veces maldito.

TREINTA Y **UNO**

¿Esta será, Dios mío, la real expiación de mis pecados? ¿Soportar esta lluvia pertinaz? ¿Será mi expiación el intentar comprender tu duelo? ¿Soportar este tu desaforado duelo?

Verte a todas horas con la cruz de madera entrechocando en tu pecho, viendo demonios donde no los hay y lagrimeando por los rincones de la huerta de tarcos floridos, árboles frutales y crisantemos rosados, o riendo por motivos insospechados, mientras tus pájaras negras se posan en tu derredor, consolándote o compartiendo la risa junto a vos, según el caso. Pero cuando quieres decir algo, no desaprovechas la oportunidad de lanzar cuchillos de palabras al alma. Todo lo que dices me duele, hermana mía.

¿Has pensado en mí? ¿Es que acaso yo no tengo un duelo propio? Lo pregunto, pero mi pregunta flota en el aire, sin respuesta.

Está bien, hermana. He decidido darte otra oportunidad. En vista de que has olvidado ser una gente normal como otrora lo fuiste, seguiré recordándote poco a poco las cosas que pasaron de este lado del mundo, a ver si así, de una maldita vez, dejas tu chifladura.

TREINTA Y DOS

Piedad, Señor, oras en silencio, mientras recuerdas tu vida, que en un determinado punto se volvió irremediablemente vacía. Estaba llena cuando eras un chavalillo apenas llegado del Callao junto a tus padres y al tío Mateo, que no tardó en casarse con Manuela de Azurduy y Otálora, doncella de la respetable familia Azurduy y Otálora de los Reyes.

Con el tiempo y las magníficas relaciones sociales de tu tío, no fue difícil que él te pusiera al servicio del templo. Sabía que San Francisco de Asís fue desde siempre tu santo favorito, así que, desde los ocho años, comenzaste a servir en el templo de la ciudad dedicado a este santo; apagabas las velas, barrías, servías vino tinto al padre Larreátegui después de la misa. A los trece, te permitieron pertenecer a la tercera orden de San Francisco y colaborar cada año en la organización de la cofradía de San Antonio, dependiente del convento franciscano.

De allí, como tres años más tarde, tuviste el valor de aceptar que no podías soportar más las tensiones familiares, el adulterio de tu padre, la compulsiva amargura femenina de tu madre, la carcomida ausencia del afecto de ambos. Y pensaste en escapar. Por eso recurriste a tu tío, y aunque en el fondo mentiste, le dijiste que querías servir al Señor.

Él se encargó de todo, de la inscripción, de la entrevista con el padre rector, de tu preparación para los exámenes y otros detalles, y fue así que lograste marcharte de casa para ingresar interno al Seminario Conciliar de San Cristóbal.

La desidia de tu padre era enervante, tal vez por eso tu tío le evitaba a toda costa, pero, con todo, tu padre opinó que serías un mejor abogado, aunque al final sostuvo que hicieras lo que se te viniese en gana, que no iba a retenerte.

Sin embargo, te diste modo de dar gusto a tu padre, te graduaste en los dos derechos, tanto el canónigo como el civil, por eso hoy en día ocupas el cargo de examinador del juzgado sinodal. Eres, pues, una suerte de abogado de la Iglesia.

Tus recuerdos logran que te sumerjas en la oración desesperada. Hay momentos como este, en los que oras diciendo piedad, Señor, piedad, y dices así porque hubieses preferido ser un cura sencillo y alegre, agreste si hubieras necesitado serlo. Confesar, dar la absolución, entender el quechua, predicar sermones sencillos en lugar de tus altos cargos clericales que te atan al mundo y sus pleitos, que te comprometen ante la sociedad por la titánica labor que tienes encargada por Dios: librar a los indios de sus creencias malignas y guiar por el camino divino a criollos y españoles. Para eso, en parte, te metiste al sacerdocio.

Pero en este momento, eso no te importa. No se lo dijiste nunca a nadie, mas hoy, como otras veces, de nuevo sientes que, en este instante, darías la vida por ser como vuestro primo Domingo Suero de Leytón y Ribera, cura de Chulchucani, hijo natural de Mateo de Suero.

Así como tu tío jamás opinó de su hermano José, tu padre, o de la madre de ambos, porque temía que se le descalabrara el corazón al recordarla, tampoco habló de Domingo: era su secreto mejor guardado, ¿o tendrías que decir, su pecado mejor guardado?

Vos lo sabes, porque era un secreto a voces, toda la sociedad charqueña lo decía, menos tu tío. De esa manera conoces que Domingo se había criado en el valle de Cinti junto a su madre, y por eso tu familia no tuvo forma de conocerle, pues ellos siempre fueron muy citadinos.

En fin, tu tío se dio modos de pagar secretamente los estudios de su hijo, de conseguirle un curato tranquilo, como el del beneficio de Chulchucani, de pasarle una mesada hasta que estuviese bien instalado.

No le conociste, pero te han contado que Domingo era varón

fuerte y alto, que sus ojos eran zarcos y algo tristes, que los cabellos le llegaban a los hombros, y la barba taheña, al nivel de la clavícula, que vestía un hábito rotoso y calzaba las mismas abarcas que los indios. Dicen que hablaba el quechua a la perfección, que sus sermones convertían a los indios, y que los defendía de los revisitadores con recursos tales como fuertes cartas a la autoridad, o a veces, hasta con sus propios puños. Dicen que fue un rebelde. Que visitaba a los enfermos y andaba predicando el evangelio por las lomas y por las pampas de trigo, enseñando a los indios las sagradas escrituras y a rezar, a perdonar, a tratar bien a sus mujeres y a sus niños, a ser misericordiosos los unos con los otros.

Por eso y más, los indios le construyeron una choza redonda adosada al templo de su doctrina de Chulchucani, porque le amaban como a un padre. Dicen que a la puerta de su choza dormían las vizcachas, los venados y los búhos, resguardándole.

Y ahora lloras por Domingo y por vos. Sí, por vos, porque no tuviste la valentía de usar, como la suya, una túnica agujereada por la pobreza, ni las sandalias parecidas a las que seguramente tenía Jesús nazareno cuando paseaba predicando por Galilea, por Samaria, por Capernaum, en vez de esos calzados tuyos de cabritilla suiza de los Alpes y de esa tu soberbia capa de armiño.

Lloras porque, al igual que San Francisco de Asís, hubieras querido tener, y no lo tienes, el don divino de transformar una bestia en un manso cordero cristiano, como él, que convirtió un salvaje lobo en criatura de Cristo. Quisieras convertir a esta bestia de ambición mundana que te corroe el alma y los huesos.

Esta bestia de desear la mujer de tu prójimo.

TREINTA Y TRES

En mi mente de obsesiva lectora, los hechos están cronológica-
mente ordenados, tal como se dieron en la historia universal, mas
en mis sueños no. A veces sueño con eventos del siglo I, como la
iglesia primitiva de los mártires perseguidos y muertos a causa de
nuestro Señor. Sueño con Esteban, por ejemplo, apedreado hasta
morir, o con el mismísimo Pedro, crucificado cabeza abajo, y enseguida me veo en el siglo VI, encerrada en una torre de alabastro
al igual que Bárbara, la doncella que se convierte a la fe de Cristo
siendo hija de un pagano principal romano. Después me veo de
pie en un monte cercano, contemplando ambas ejecuciones, la de
Bárbara, que es muerta a espada por su propio padre, y la de este,
fulminado por un rayo divino inmediatamente después de que
tomara violentamente la vida de su santa hija, Bárbara.

Pero anoche, hermana, anoche soñé viviendo el siglo XIV francés. El siglo del cisma de occidente. Corría el año 1305 y el palacio
de Avignon se abría de par en par a la llegada del Papa Clemente
V, que fijaría allí su residencia hasta 1377, pese a que toda la cris-
tiandad veía en Roma a la única capital legítima de la iglesia. Se
bajaban los puentes levadizos, los soldados apostados en las torres
y en todo el derredor de la fortaleza tocaban al unísono una melo-
día sacra y deliciosa, y allí estaba yo, vestida de blanco, y mis cabellos, hermana mía, eran casi tan largos como los tuyos, flotaban en
aquel viento santo. En mi sueño, el Papa se me acercó evadiendo a
la multitud de fieles y me tocó la frente. Ahí desperté.

Otra era la realidad. Nada se compara a la realidad que vi-
vimos en esta casa llena de soledad y de silencio. Ni en mis más
malos sueños he visto un tormento más solitario que el tuyo. Esa
desbordada pasión tuya por encerrarte por dentro, por escapar de
los demás, poniendo candados aherrumbrados de pesado silencio

a tu muda fortaleza, que vos a veces rompes solo para hablar con tus pájaras o contigo misma, porque cuando te diriges a mí, únicamente me lanzas palabras apedreadas.

Todo fue culpa de la peste. Antes de ella, forjamos nuestro modus vivendi, el mismo que la propia peste desbarató enviando a nuestras hermanitas a su cripta.

Por eso te volviste loca, nadie te puede culpar.

Porque tu locura tiene que ver con el amor.

TREINTA Y CUATRO

Tus dos esclavos ya no saben qué hacer contigo. Te has pasado llorando por tres días encerrado en tu aposento de huésped del marquesado, simulando un achaque propio de la edad, que si bien no está del todo instalado en vuestro cuerpo, permanece inmanente en tu alma, como un alifafe incurable.

Ni siquiera quisiste recibir a la marquesa, que dada vuestra amistad, deseaba visitarte. Tomás I o II, díganle que duermo, ordenaste.

No puedes creer lo que te ocurre: un hombre viejo como vos, inmerso en una crisis que a ratos parece propia de un adolescente. Sumido en una profunda reflexión existencial que no permite que te salves de la tremenda realidad de verte solo, viejo y, lo peor, inútil y desobediente al Señor. Si al menos tu tío Mateo estuviera aquí.

Te levantaría de cama de unos buenos coscorrones, como los que te daba en el Seminario San Cristóbal cuando te producían miedo los pájaros a diseccionar en la clase de ciencias naturales y fingías enfermedad para no asistir al salón. Por él debes levantarte, poner en orden las cosas que faltan. Por él, amparar en justicia la memoria de su hija María de Suero, homónima de la asturiana María de Suero González y Azurduy, que te nombró tutor ab intestato sobre todos sus bienes, bienes en los que no quisiste hurgar por miedo al qué dirán, por no parecer más codicioso de lo que ya habías parecido por años a toda esta sociedad. Ahora, esos bienes están en poder de terceras personas, aprovechadoras, todo por causa de tu desidia.

Sí, te dices conmovido, mientras los Tomases observan asustados que balbuceas solo, sí, sí, sí...

Sí. María confió en vos aun más allá de la muerte, y vos, ¿vos qué hiciste?

TREINTA Y CINCO

Aunque yo quiera ayudarte a recordar nuestra vida recientemente pasada, el problema es que vos, hermana mía, no puedes soportar los recuerdos.

Por eso comienzas a chillar, primero quedito y luego progresivamente, hasta quedarte ronca de lo fuerte que puedes gritar al evocar en tu presencia a Ángel Mariano de Toro, sus ojos verdes y su tez pálida, porque me parece que te precipita al abismo del manojo de recuerdos de desaires que le hacías, pese a que te parecía el hombre más bueno del mundo.

Por eso te detienes en cualquier lugar de la casa, apretando contra el pecho tu cruz de madera, cuando el dolor te quiebra las costillas ante la evocación que hago de las niñas saltando a la cuerda en la huerta o jugando en su dormitorio con las muñecas de trapo vestidas de terciopelo que nuestro padre les trajo de Lima o riendo a morir contándose entre sí ese cuento sin fin que decía que había una vez un ratón con la cola al revés, ¿quieres que te cuente otra vez? Y entonces alguna de ellas decía que sí, y de nuevo comenzaba el cuento que trataba de que había una vez un ratón con la cola al revés, ¿quieres que te cuente otra vez? Y así podían seguir riendo hasta el atardecer, cuando sacabas tu campanilla y, al dulce son tintineante del hierro, las llamabas a merendar leche tibia con galletitas de amoniaco, porque ya iban a dar las seis y se aparecería Ángel Mariano por la puerta de entrada.

Tus costillas borboritan un fuerte rumor de dolor al recordar a las niñas, y tu corazón, al recordar a Ángel Mariano de Toro, que no está muerto, pero es como si lo estuviera. Y pareciera que no tienes salvación y que te vas a morir en cualquier momento.

Decídete, hermana. El problema es que no puedes soportar ningún recuerdo, y si esto sigue así, permanecerás loca de por vida.

TREINTA Y SEIS

¿Qué es lo que determina que un hombre sirva para algo en la vida? ¿Acaso ser un cura como vos, médico o esclavo?

Los médicos salvan vidas. Los esclavos sirven. Los curas, ambas cosas, podrás decir, pero curas como Ignacio de Loyola, como Bartolomé de las Casas, como Diego de Ocaña, como Domingo Suero Leytón de Ribera, no curas como vos.

¿Qué hiciste vos, amigo? Nunca escribiste un libro, jamás reparaste con calicanto los muros de tu iglesia, tal como hace tu amigo José de Rivera. Nunca sembraste un árbol. Al igual que tu tío Mateo, desconociste a tu hijo.

A más de alguna despistada bendición a los pobres indios del beneficio de Toropalca y de uno que otro rezo por alguno de esos infelices enteradores de la mina, no hiciste nada. Tan solo esperar que el capitán de los enteradores te rindiese cuenta de tus ganancias. Preparar el látigo asiéndolo en vuestra mano por si te trataba de engañar, eso sí que hiciste. Guardar tu dinero en un nicho de la pared, que tapas con un cuadro, con aprehensión de avaro. Dicen que es tu "tapado".

¡Necio!, dice la Biblia, ¿y si esta noche vienen por tu alma?

TREINTA Y SIETE

Recuerdo que después de que las niñas murieron, el padre Antonio del Risco y Agorreta escuchó tu confesión por más de dos horas y te dio la absolución. Tras cumplir tu penitencia de cinco padrenuestros y tres ave marías, te persignaste con la dignidad de una reina, y como cerrando abruptamente un capítulo, a partir de aquel momento te encerraste en tu círculo hermético, confeccionado de este silencio en el que hemos vivido todo este miserable tiempo. Claro, con excepción de las palabras que, a ratos, a puñalada limpia rompen tu cerco de mutismo.

Él fue el último que escuchó tu voz dirigirse coherentemente a alguien humano, aunque es el único que entiende lo que pasa por tu cabeza, jamás dio una explicación, porque lo que le dijiste está guardado bajo secreto de confesión.

Es así que dejaste de hablar, y ni siquiera tu esclava Sacramento puede sacarte palabra alguna. No te culpo, pues desde que volvimos del templo donde las niñas se quedaron dormidas para siempre, no volviste a ser la misma, y quizás ese es tu destino, aunque sé que no crees en eso. Ya no quisiste bordar las casullas, las ropas de santos ni nada, solo te retiraste del mundo, y yo que esperaba que la pena se te pasara, como cuando antes, bordando, aguardábamos que pasara la lluvia para que nuestras hermanitas jugaran a corretear y saltar por encima de los charcos, y vos sonreías ante cada ocurrencia suya y, ante todo, cuidabas de cualquier peligro a la bella Macarena, criada únicamente por vos. Ahora que lo pienso, quizás por eso se te parecía tanto, no por su palidez ni su cabello rubio que le llegaba ya a las rodillas, sino por lo dolido de sus ojos.

Jamás repetiremos la escena, Juana de Dios, hermana mía. Jamás ya nuestros huesos adolescentes al amparo de la lluvia, al salpicadero del barro, al concurso infantil de quien ensarta la aguja en menos tiempo.

Y estás aquí, pero es como si ya no estuvieras, aunque tu presencia se nota a lo lejos por el murmullo de madera de la cruz pendiente de tu pecho.

Digo para mis adentros, padre mío de mi alma Manuel de Gil, nadie mejor que vos para saber que tus hijas ya no veranearemos más en la hacienda de Pitantora, ni en la del valle que te dejó el padre Rivera y ahora es nuestra, ni nos bañaremos solo con enaguas transparentes en las aguas tibias de los estanques, ni recogeremos las frutas en canastos. No brincaremos más sobre las cujas ni beberemos chocolate con leche de cabra al desayuno. Ya nunca más nuestros juegos de muñecas ni las tantas rondas que cantábamos, como la que decía hilo de oro, hilo de plata, qué me dijo su merced, o la otra que rezaba, en coche va una niña carabín, en coche va una niña carabín, hija de un capitán carabirurín, carabirurán, tiene cabellos de oro carabín, tiene cabellos de oro carabín, y horquillas de cristal, carabirurín, carabirurán...

No volveremos más a ser aquellas niñas, somos otras. Somos la escoria que queda después de la peste.

Sí, pronunciaste pensativa destruyendo tu silencio, y añadiste: el padre Antonio conoce tu pecado.

Me río. A veces pareces tan cuerda, y yo que pensaba que esa bella niña de cabellos de oro de nuestra ronda eras vos, y que siempre estarías aquí, sin perderte como hoy estás perdida en los vericuetos de tu memoria.

TREINTA Y OCHO

Es tiempo de hacer algo. Aunque seas ya viejo como eres e incluso medio muerto.

Antes sentías que ya no tenías nada más que hacer en esta vida. Atribuyes a Dios el origen de la fuerza para resistir y para levantarte de tu lecho de tristeza acumulada por tantos años.

Te levantaste pensando asistir a la misa de siete que oficia tu amigo José de Rivera en la capilla del marquesado, repasas los rostros de tus conocidos, saludas a todos. Les sorprendes rezando por vuestra recuperación.

El mundo sigue igual, piensas. Igual de hipócrita en algunos casos.

TREINTA Y NUEVE

El padre Antonio del Risco y Agorreta dijo que mañana traerá a casa a la que fue comadre de nuestros padres. Una vieja parda libre, de nombre Santusa Nava, quien prepara ungüentos especiales para las enfermas como vos, hermana mía. Consultados por nuestro tutor, los propios padres juandedianos del hospital recomendaron que la mujer viniese a ungir tu cuerpo con sus emplastos de eucalipto, romero y manzanilla, que son buenos para la salud y la recuperación de la fortaleza, ya que ellos mismos aplican esas recetas a los enfermos de su hospital.

El padre advirtió que la parda habla a montones y que ni un solo instante puede estarse callada, pero que eso se le pasa por alto, ya que sus mejunjes contienen una gracia santa obtenida a través de sus muchos rezos, además que las materias primas para elaborar sus remedios provienen de la huerta de las monjas clarisas, que tienen manos santas, logrando así que hasta los enfermos más desahuciados e incluso los contraídos de esta peste de erisipela se curen.

¿Por qué no supimos antes de ella?, le increpé al padre mientras cruzábamos el zaguán para llegar a la puerta de calle, pues ya se iba a su despacho de canónigo de merced, a ver si el albañil había terminado una pequeña compostura por donde estaba entrando la lluvia.

Sin interesarme en las preocupaciones del cura, por un instante pensé que si hubiéramos sabido antes de Santusa, quizá las niñas no habrían muerto. El padre se detuvo un momento y, mirando un punto equis en el aire, contestó mi pregunta: fue la voluntad de Dios.

Desde luego, no estoy de acuerdo, pues considero que esta circunstancia obedeció, como siempre, tan solo al destino y nada más que al destino. Por tanto, el padre estaba burlándose de mí.

No se detuvo a estudiar mi reacción, ni nada, sino que siguió

hablando como para sí mismo, dijo que debía comprar más calicanto, conseguir una plancha para estucar y otras minucias como
esas. Por eso, se despidió distraídamente y se lastimó el dedo índice en el gozne de la puerta.

Es que tuve ganas de cerrarla con violencia.

CUARENTA

Un hijo. Si bien tuviste un hijo, es como si no lo hubieras tenido nunca. Jamás de los jamases.

Pese a los años, lo recuerdas todo con precisión de relojero. Tu mente te ha jugado malas pasadas, olvidando lo que era necesario recordar y recordando lo que debía quedar en el olvido. Qué cosa.

No puedes escapar a los recuerdos, eres esclavo de ellos, todos lo somos. Sí, lo recuerdas bien: acababas de prestar juramento como bachiller del Seminario San Cristóbal y te disponías a pasar unos días con la familia de tu tío, antes de partir a Toropalca, el que sería tu curato y donde trabajarías por varios años consecutivos, hasta conseguir tu primer cargo citadino, que fue en la parroquia potosina de San Bernardo.

Dado que tu madre ya había muerto y no se sabía cómo reaccionaría tu padre ante tu egreso como cura, tu tío Mateo arregló todo con sabiduría: ignoró a su hermano y te propuso hospedarte en su casa de la larga calle de los Caballeros. Una hermosa casa solariega de muchas habitaciones, con un salón recibidor de pesados y recios muebles, alfombrado con tipes de terciopelo, cornucopias, espejos biselados dignos de príncipes y pinturas murales como las que habían en el palacio del marqués de Casa Palacio, su vecino. Sus funciones de Secretario de cámara de la Real Audiencia le habían permitido establecer efectivas relaciones sociales, tanto con el clero como con las familias de la élite, gracias a sus cuatro cuñados curas: Lucas, Melchor, Miguel y José de Azurduy y Otálora de los Reyes.

Recuerdas la cena de aquella noche. Tu tía Manuela, esposa de Mateo, se esforzaba por que te sirvieras las mejores porciones del faisán asado, por que saborearas el vino que descorcharon en tu honor, cosecha llanisca de 1704, el año en que los Suero habían arribado a América. Pero a vos nada te animaba, debido a la escabrosa sensación de sentirte tan huérfano.

Te sentías huérfano por completo, aunque tu viudo padre aún vivía con su esclavo en su solitaria casa de la calle llamada del Comercio extranjero, con toda su carga de pesadumbre y desidia, elementos que no le permitían celebrar junto a vos. Recordaste que desde la muerte de tu madre, tu padre siguió trabajando en su oficio institucional, así como prosiguió en su relación ilícita con la madama cortesana esa, doña Manuela Gómez, maestra del clavecín y de las artes amatorias. Nadie se animaba a decírtelo de frente, pero las gentes rumoraban que tu padre prácticamente vivía con ella y con sus siete hijos habidos en otros tantos hombres. Todos en la ciudad miraban a tu padre como a un pecador, pero nadie se lo decía en la cara. Sentiste que a veces odiabas tanto a tu padre. La cena de aquella noche era una de esas veces.

Pensando estabas en esas cosas, cuando tu prima María hizo un alegre brindis por vos, sacándote de tus profundas cavilaciones, pero no le diste mucha importancia, porque a ratos te parecía una mocosa impertinente. Partiste en la madrugada, antes del alba, dejando apenas una escueta nota de agradecimiento a la familia.

Lloraste todo el camino, así como hace poco llorabas en tu cuarto de huésped del marquesado, también lo hiciste aquella mañana fría y escarchada en que tu coche te conducía por parajes de complicada geografía. Llorabas amargamente por tu infancia triste, por tu miedo a los pájaros, por tu padre infiel, por tu madre muerta, por tus hueros veintitrés años encima, por todo.

Al llegar, los indios de Toropalca te recibieron con temor. Lo viste en sus ojos. No había nada que hacer al respecto: por siglos habían temido al hombre blanco.

El curaca gobernador, líder de los indios, te acomodó en el burdo aposento que formaba parte de la pequeña iglesia del lugar. Paredes de adobe, una ventanilla apenas, cama angosta con cuatro phullus encima, una cruz de agreste madera a la cabecera. El olor de humedad y de coca te golpeaba.

Pusieron una joven india a tu servicio. Su nombre era Huara. Cocinaría, barrería, lavaría tu ropa en el río. Recuerdas sus vestimentas oscuras, con flores de colores bordadas, su llijlla triangular echada sobre sus lánguidos hombros, sus ojos de cervatillo herido, su piel morena. Ella fue la madre de tu hijo.

Ahí fue que perdiste el rumbo ministerial de vuestra vida, reflexionas ahora. Ahí, en Toropalca, cuando conociste la brutalidad de la carne.

Permaneciste allí por cuatro o cinco años, hasta que, por recomendación de tu tío Mateo, te llevaste a la villa a tu hijo, a quien bautizaste con el nombre de Juan Antonio, y que, gracias a Dios, decía Mateo, se parecía a los Suero.

Juan Antonio olvidó el quechua de su madre, aprendió el español y se convirtió en una sombra de tu casa citadina. Nunca le viste actuar como otra cosa que no fuese una sombra. Sin voz, sin presencia, sin nada. Merodeaba por los rincones de la casa en silencio, jugaba con las piedras y con los insectos sin hacer ruido, jamás lloraba. Era un infante extraño.

En toda una vida de vivir con él, conversaron a lo sumo un par de veces. Una, porque no había nadie en la casa, solo vos y él, y entonces le pediste que fuera al convento de Santa Teresa a comprar aquel emplasto de eucalipto que te aliviaría del fuerte catarro que te había obligado a guardar cama. La otra, cuando los Tomases se tardaron en venir a servirte la mesa y tuviste que pedirle al crío que te pasara el salero.

En todos esos años le preparaste para ser cura. Le enviaste al Seminario. ¿Qué más podrías hacer?

Le nombras en tu testamento, que redactaste ante el notario Pimentel, por si las moscas. Si logra ser cura de órdenes mayores, tienes establecido legarle toda tu ropa.

¿Solo tu ropa? Que además ni le quedará, porque vos eres gordo, y él, atlético.

¿Ves?, eres peor que tu propio padre.

CUARENTA Y UNO

Tuvo razón el padre Antonio. Santusa Nava, la parda libre, no cesa de hablar con ese su acento medio cantadito, y tampoco deja de sonreír. Todo lo contrario a vos, hermana mía, que has sellado voluntariamente tus labios a tal punto, que temo que las palabras se te olviden.

Aunque no pregunté, comentó que tiene sesenta y dos años.

Sabes, hermana, que yo no hablo con los negros sino para dar órdenes, pero hablé con ella, haciendo una excepción por vos, y también porque esta fue esposa legítima de un peninsular. Debo confesar que me pareció que la Santusa debe haber sido hermosa cuando joven, y que me sorprendió su elevada estatura y el fino echarpe de lanilla gris que llevaba a los hombros. Entró a la casa sonriendo, dejando ver sus intactos dientes, y al igual que a vos, hermana mía, las chulupías se le posaron en los hombros, en la cabeza, mientras dejaba en el patio un curioso ámbito de geranios en flor.

Cuando cruzábamos el zaguán, contó que hace dieciséis años quedó viuda, después de que ella y su esposo, el español Manuel Delgadillo y Garay, enfermasen de una terrible peste de sarampión que se había propalado en la ciudad, tras liberarse ese mal, de una caja de mercadería de España, abierta por el conocido comerciante Sebastián Antonio de Arana. Manuel Delgadillo y Garay murió, y ella, que se había encomendado a una antigua imagen de un Cristo dibujado a pluma, sobrevivió al sarampión. En agradecimiento al Señor, quiso tomar los hábitos de las clarisas, pero la Priora no la aceptó debido a su ya avanzada edad y por ser parda que antaño había sido esclava, estando reservado el convento para doncellas españolas o hijas de españoles con sus correspondientes dotes, que no debían ser solo honorables, sino decentes. Le recomendaron que se cobijase en el Beaterío de Santa Catalina de Siena, destinado a las indias y, quizá, hasta a las pardas, pero Santusa Nava decidió igual servir a Dios de otra manera, tal vez como su madre, africana de Angola, lo hubiese querido.

Entonces hizo la promesa a Cristo de que viviría el resto de su vida consagrada a los enfermos, aunque no pudiera servirle con el hábito puesto. Así, sus días se llenaron de ocupaciones, pues sus cinco hijos ya estaban casados y sus sirvientes pendientes de su casa. Por cierto, el menor de sus hijos fue ahijado de nuestros padres.

Hace un ratito, mientras la conducía hasta tu alcoba, donde permaneces mirando a través de la ventana, terminó de narrarme que sus días los pasa rezando y curando en el hospital de San Juan de Dios, y también haciendo visitas como esta, en cumplimiento de su promesa, más aún tomando en cuenta el parentesco espiritual con nuestros padres.

Sin dejar de sonreírme, escuchó mi pregunta, la misma que le hice al padre Antonio del Risco y Agorreta, que por qué la hallamos recién ahora que las niñas ya han partido con el Señor. Santusa Nava pensó un poco, tomó entre sus manos una chulupía, le acarició el pico, luego la pequeña ala, y me dijo que en la vida hay un tiempo determinado para todo. Me da vergüenza reconocerlo, pero me gustó su respuesta, porque no la leí en ninguno de mis doctos libros.

Cuando atravesó el vano de tu puerta, sonrió con más candidez al mirarte, y percibí que en silencio, comenzaba a llorar. Vos tenías aún puesto tu mugre camisón de lino, el gran crucifijo de madera colgado al cuello, los pies sucios y ampollados, el pelo suelto y enmarañado, que parecía que en los últimos días te había crecido una cuarta, y en el interior de tus ojos color de caramelo, la distancia, tan solo la distancia.

Santusa Nava miró el mismo punto que vos mirabas a través de la ventana, detrás de las montañas azules, y comenzaron un diálogo a través de las dunas de arena de este tu silencio desértico e insondable.

CUARENTA Y DOS

Meriendas, cenas, almuerzos, paseos al aire libre, equitación, cricket, juegos de mesa. Sin embargo, los banquetes son la especialidad del marquesado, y también la diversión por todo lo alto.

Aunque disimulas en el trato que das a tu anfitriona, la marquesa, el alma se te rompe cada día más.

Viniste a pasar esta temporada a Cayara con el fin de descansar. Quieres hacer algo útil al volver a la villa, intentar resarcir algunos daños, ¡basta de recuentos! Pero los recuerdos no dan tregua a tu alma gastada.

Y el aguijón de la carne, como el de Saulo de Tarso, se te incrusta cada día más hasta el fondo del corazón.

CUARENTA Y TRES

No podía esperar otra cosa sino desdén, lo he sabido desde el día en que nací, dice Santusa Nava a Juana de Dios de Gil, mientras, con movimientos circulares, repasa sus enfriados pulmones con una pomada de agripa y eucaliptus.

La joven permanece estática, pero a Santusa Nava no le importa, porque considera que a veces el silencio es su refugio, y lo acepta. Por eso continúa narrándole sus historias, aunque sabe que monologa, esa es su forma de conversar con ella.

Sí, niña, toda la vida ha sido así, le comenta, siguiendo a los demás en sus días de sol o de lluvia, días de quimeras, días llenos de soledad, días llenos de las majaderías de otros, de los otros, tan distintos a los míos. Carnavales, pascuas, Todos Santos, Corpus y demás fiestas de guardar, siempre fueron lo mismo para mí.

Un día me cansé y decidí vivir, pero eso no me lo perdonaron nunca.

Oiga bien, niña Juanita de Dios, podrán decir cualquier cosa de mí, pero no que soy como todas las demás. No soy blanca, no soy negra, parda soy, y libre.

CUARENTA Y CUATRO

Aunque a veces discurrimos porque dice que la teología y la filosofía no están hechas para que las entiendan las mujeres, o que las cosas malas de este mundo son la voluntad de Dios, cada vez admiro más al padre Antonio del Risco y Agorreta. Es un gran escritor y un santo de Dios, que cuando viene a casa —como hoy que vino con su dedo vendado—, logra que comas y que hables un poco, que duermas otro poco, que vivas otro poco más, aunque sea dentro de esta frágil burbuja de pánico en que se ha convertido tu vida.

Pero cuando el padre se va a ocuparse de su ministerio, vos vuelves a tus andanzas, vuelves a hablar palabras ininteligibles con las chulupías y a quedarte absorta en la contemplación de sus vuelos, con tu gran crucifijo pendiente en tu pecho, meciéndose, solo meciéndose, como retándome, como castigándome.

Santusa Nava dice que en cualquier momento volverás a ser la misma. Que tu río volverá a su cauce cuando hayas puesto orden en tu interior. No sé cómo puede estar tan segura, y no sé cómo es que le tomo en cuenta, si al fin y al cabo es solo una curandera que antaño fue esclava.

Y yo no sé por qué, pero me quedo imaginando tu interior, como una plana playa de aquellos parajes húmedos de nuestra hacienda de Pitantora, cardos enhiestos y piedritas puntiagudas esparcidas por aquí y por allá.

¿Me equivoco, hermana?

CUARENTA Y CINCO

Tratas de convencerte a vos mismo de que eres un hombre, ni más ni menos, como todos los demás.

Pudiste tener pecados, pero para eso está Dios, para perdonarlos.

Pero vos, amigo mío, sí, vos, ¿te arrepientes verdaderamente de todos esos pecados?

Y la marquesa te toca afectuosamente el hombro porque has callado abruptamente en medio de la amena conversa de sobremesa. ¿Padre, se encuentra bien?, y vos, mirándote en sus intensos ojos azules, percibes que las rodillas te tiemblan, y no sabes qué demonios responder.

Difícil arrepentimiento ese que implique la renunciación a ese aquietado mar azul de ensoñación que tienes enfrente.

CUARENTA Y SEIS

Mi madre me contó, en su lengua, que el barco en el que vino desde su nación, Angola, era un navío oscuro y maloliente, lleno de negros como ella, que dormían uno sobre el otro bajo la vigilancia de viejos capataces blancos que los azotaban cuando levantaban la mirada. Por puro milagro no se le pegó la peste de tifus de tabardete de pintas con calentura maligna, ya que muchos enfermaron.

El barco era un reguero de vómito hediondo y de ayes continuos. Al que moría por la calentura, sin importar si era negro o español, se lo echaba a la mar. Eso era lo que más miedo daba a madre, por eso se escabulló de los capataces y se escondió en un rincón hasta que la encontraron, pero cuando sucedió eso, muchos, si no casi todos, habían sido lanzados al agua.

Dijo madre que los pocos blancos que quedaron sanos quitaron a los negros sus collares multicolores, y que aunque ella se resistió con gran fuerza, porque sus collares para madre eran tan santos como para mí resultan nuestros crucifijos y escapularios, igual se los quitaron, y la obligaron a renunciar a Yoruba, a Momo y a otros dioses africanos, y le dijeron que dos palos atravesados eran un símbolo santo, que un hombre blanco y barbón era el salvador del mundo, que había muerto, colgado en aquellos dos palos atravesados por el perdón de los pecados de todos los hombres. Le dieron tal paliza a madre, que terminó regalando sus hermosos collares y también se quitó voluntariamente el arete de su nariz y otros de sus orejas, con tal de sobrevivir a aquel viaje de mala muerte.

Sin embargo, dijo madre que con los años llegó a amar a ese dulce barbón y salvador del mundo, que según ella, tenía los ojos más bondadosos de la tierra. Lo sabía, porque el único tesoro que madre tuvo en su vida fue una estampa de Cristo crucificado, dibujada por un artista ambulante y obsequiada por una clarisa engreída, pero buena, a la que había ido a servir por un tiempo a su convento. La guardaba dobladita entre sus trapos viejos, y así estuvo por muchos años hasta que pasó a mi poder.

Madre se quedó con su estampita y jamás dejó de orar diariamente, mirando a los ojos de su Cristo. Debido a que a veces no la dejaban entrar a los templos de españoles por ser negra, esperaba a su ama a la salida de todas las misas habidas y por haber, y aprendió con buena voluntad todo rezo cristiano existente, pero al mismo tiempo, y por medio de otros esclavos, se dio modos de conseguirse collares consagrados a Yoruba, a Momo y a otros dioses africanos, y aunque los escondía, cada martes de carnaval los sacaba de sus escondrijos y se los colgaba al cuello, haciendo la "fiesta grande", como ella decía: se pintaba la cara con polvo de hueso humano molido, y de hinojos en la penumbra de la noche, ofrendaba un chorro de su sangre a los dioses de sus padres. Luego, me contaba que en el patio de los esclavos bailaba y bailaba haciendo contorsiones al son de los tamboriles, y tomaba harta, pero hartísima aguardiente de Cinti, en medio de una jarana esclava de miércoles de ceniza en la que se despedía al carnaval y parecía que allí, a madre se le iba la vida entera de tanto bailar.

CUARENTA Y SIETE

Como a la Juana de Arco de mis lecturas se le aparecían Santa Margarita y San Miguel, por las noches me despiertan las voces de los santos, de otros santos. Anoche, mientras tronaba y caía una tormenta eléctrica, escuché la voz de relámpago de San Esteban mártir, que me decía al oído: tu hermana lleva en su rostro la hermosura atónita de la santidad, la misma que yo tenía cuando morí apedreado por los gentiles.

También me despiertan las voces de los héroes. El Quijote que me dice que es imposible luchar con molinos de viento, porque no son solo molinos, sino guerreros mejor apertrechados que una niña como yo. Y las voces y visiones de seres reales, pero muertos. Nuestros padres muertos, que cogidos de la mano atraviesan el patio; mamá bañada en sangre de su parto, y papá, con su voz de gran tenor, cantando España camisa blanca de mi esperanza, mientras la pequeña Macarena va saltando la cuerda, contando uno, dos, tres, cuatro, cinco y, cuando vuelve a pasar, canta buenos días su señoría, mandandirun dirun da, en un círculo vicioso y terrorífico que quiero que acabe, que raye el alba, ¡que finalice ya!

Pero no acaba hermana, no solo porque parece nunca amanecer, sino porque en mis sueños veo nítidamente al padre Josep de Suero, inquisidor del Santo Oficio y examinador sinodal, comiendo de un racimo de uvas doradas, con sus cuatro perros cobrizos echados a sus pies, riéndose de mí en medio de una de esas exóticas comidas de los marqueses de la casa de Otavi, señalándome con el dedo mientras me dice, entre risas, que él nombró heredera de sus bienes a su alma, que soy una niña mala por haberme quedado con su fortuna.

¿Serán estas cosas, oh Señor, la real expiación por mis pecados?

CUARENTA Y OCHO

Y te has renovado nuevamente. No es raro en vos, querido amigo. Te has pasado la vida de esa manera. Haciéndote al loco contigo mismo, al del otro viernes. Por eso, y aun sin la ayuda de los Tomases, te has levantado de cama, te vestiste y afeitaste. Buscas en el patio de esclavos a tus cuatro perros cobrizos, los desencadenas, ellos te lamen las manos, se ve que te aman.

Si bien piensas que, cuando menos al acabar tu estadía en el marquesado, te espera una gran responsabilidad en la ciudad, no se puede dejar de lado que varios años han pasado desde la muerte abrupta de María. Cuántos serán, como veintitrés o veinticinco.

Sujetando la correa de los perros, pasas por el corredor cercano a las cocinas. Quieres dar un paseo por la alameda de pinos, escapar de los deliciosos aromas, de la gula, de la glotonería, ante todo, escapar de la marquesa, que es como al apóstol Pablo le fue el aguijón en la carne, y a Aquiles, su talón.

Te persignas. Con suerte será un par de banquetes más y estarás de vuelta en la villa. En tu casa parroquial podrás ponerte a salvo hasta de vos mismo, unos días de rezos y ayunos no te sentarían mal. Que te atiendan los Tomases, para eso están.

En tu paseo, el aire fresco se te cuela por las narices, las mariposas campestres te provocan ganas de llorar y el sol te calienta la calva cabeza. Te pones el sombrero, no sea que te provoque una ampolla. Y en qué estabas, ah, sí, pensando en María, taheña como su padre, como su medio hermano Domingo Suero de Leytón y Ribera, a quien jamás conoció.

Recuerdas que Mateo le decía "princesa". Y María era especial, como una princesa. No era bella, tampoco fea, toda su gracia residía en su natural don para llevarse bien con todos.

Tal vez por tal condición de su personalidad, no tardó en comprometerse en matrimonio, lo hizo a los quince años, con un minero orureño llamado Juan de Mier y Terán, que le doblaba en edad y era, a la sazón, el más rico de su ciudad. Poco después que María cumpliese dieciséis, se casaron en el sagrario de Santo Domingo.

Se fueron a Oruro, pero María, mimada como era, no toleró bien los vientos helados y convenció a su marido de comprarle una casa en la villa de residencia de sus padres. Es así que el romántico orureño iba y venía como podía, con tal de ver a su amada varias veces al año. A veces la encontraba cortando rosas amarillas de tallos largos o musitando de alegría en la cocina mientras preparaba algún manjar.

Jamás se había visto tal felicidad, más aun cuando ella estaba ya pronta a parir a su primer hijo, rodeada de cuidados y regalos miles. Un hijo, con el que sus vidas alcanzarían la cúspide de la felicidad.

En uno de aquellos regresos del marido ausente, Juan de Mier y Terán encontró a las esclavas caminando apresuradas de un lado a otro de la casa, y a María, acostada en su lecho, delirando, sangrante y los ojos naufragados en una tormenta propia de brazos vacíos. El orureño gritó y zarandeó a las esclavas, pero ya nada se podía hacer: el niño había nacido muerto.

Desde entonces, María fue otra, y lo peor de todo es que se tornó estéril, pues aquel primer hijo le había desquiciado las entrañas. Nunca más pudo quedar preñada, pero esto pareció no importar al marido, cuyo amor por ella parecía acrecentarse cada día. Después de la desgracia, y obligado por sus trabajos, tuvo que irse a Oruro por cinco meses, jurando volver.

Lo cumplió y volvió resuelto a quedarse con ella, a riesgo de descuidar sus minas de plata, a riesgo de todo. En su vida cotidiana, podaba con ella las rosas amarillas y le enseñaba el arte de sembrar rosales, la ayudaba a vestirse cual si fuera una niña, la peinaba como a una muñeca y hasta le ataba las correas de los zapatos. Por las

noches, rezaban el rosario a las siete, y después, en la cena, cortaba
para ella pedazos pequeños de hígado asado de res, que el médico
le había recetado para combatir su anemia, y de postre le daba un
pocillo de arroz con leche, espolvoreado de canela por encima.

Pero nada podía alejar la tristeza de naufragio de los ojos de María. Hasta que el orureño pensó que era preciso dar un giro. ¿Acaso
olvidar no era necesario, más que necesario?

Así que, reuniendo todo lo que tenía, la vida de aquel matrimonio se fue en emprender viajes y viajes. Fueron hasta España, y
volviendo pasaron por Buenos Aires, por Lima, por Santiago, por
La Paz, por Cochabamba. En todo lugar asistían a las reuniones
sociales de la élite y paseaban cogidos de la mano.

En aquellos viajes, el enamorado Juan de Mier y Terán compra-
ba a su esposa los vestidos más suntuosos, las joyas de diseño más
caprichoso, las mascotas más extravagantes, como la salamandra de
cuarenta kilos que se hizo traer desde el trópico. Varios años se la
pasaron viajando y olvidando, olvidando y viajando.

Piensas que es justo recordar a María como lo que fue: una princesa mimada, primero por su padre, pues fue hija única, y después
por su marido. Pero dejó de serlo cuando el orureño murió, o mejor
dicho, cuando se suicidó a causa de sus grandes deudas, dejando a
María en bancarrota y soledad, pero llena de recuerdos de amor.

Lo único que se salvó de la pérdida fueron la casa y joyas, pues
las minas de plata, junto a otras propiedades, le fueron rematadas.

Muchos años de soledad vivió María en su casa llena de enredaderas de hiedra y de rosales amarillos. Un día llegó su extraña
muerte.

Sus dos esclavas dijeron que una mañana de primavera, mientras
cortaba una rosa amarilla para ponerla en un florero, suspiró y se
quejó de un fuerte dolor de costado. Antes de que pudiera llegar a
su lecho, ya estaba muerta. Lo último que había llegado a balbucear
es que vos, su primo hermano, eras su albacea ab intestato; lo sostuvieron las dos esclavas y nunca cambiaron la versión. Era cierto.

Pero vos, con la carga patética de desidia heredada de tu padre, no hiciste nada. Absolutamente nada. Dejaste que las hambrientas Correa, primas hermanas maternas de María, se instalaran por años y años en su casa, con el marido de una de ellas —o de las dos, no se sabe—, con sus esclavos y hasta con sus cochinos gatos y loros.

CUARENTA Y NUEVE

El tercer dueño de madre, don Tomás de Nava, no se fijó nunca en ella, era una más de sus esclavas a la que dio su nombre, nada más. La compró con la finalidad de que sirviera a su esposa, con quien tuvo dos hijos que después fueron mis amores, confiesa sin ruborizarse Santusa, mientras unge con aceite de almendras los pies ampollados de Juana de Dios de Gil, quien desde que pareció enloquecer caminaba descalza.

Yo no sé, cuenta, pero me gustaba pensar que don Tomás de Nava era mi padre, aunque madre lo negó siempre. Ella dijo que mi tata era su primer dueño, un español enorme que la había comprado ni bien madre pisó tierra firme, lo raro es que por el paso de los años se olvidó de su rostro y de su nombre. Sé que suena a mentira, pero en los labios de madre muchas de sus palabras resonaban a verdad, aunque fuera mentira.

Cuando yo tenía doce años sucedió algo. Madre murió a causa de una fiebre ocasionada por unos puntos blancos que aparecieron en su garganta y le impedían hablar sino quedo. Aunque madre siguió sirviendo en secreto a sus dioses africanos, ya en su lecho de muerte me reveló en susurros que Yoruba y Momo jamás le habían otorgado el deseo de su corazón, a diferencia de aquel Cristo de su estampita dibujada a pluma: una hija hermosa dedicada al servicio de Dios. Eso es lo que le pidió y Cristo concedió, decía madre.

Quizá por eso, madre admiraba la herencia que mi blanco padre había dejado en mí: mis ojos claros, mi gran estatura, que ya a los doce años era descomunal, y mi cuerpo pardo, firme y curveado, de largas piernas y cintura diminuta, diminuta, diminuta…

Aunque jamás dudé de que Cristo nuestro Señor le hubiera otorgado aquella gracia a madre, no sabía en qué podía servirme a mí.

CINCUENTA

Desde que comenzó esta locura tuya, ya ni siquiera tengo tiempo de leer con tranquilidad para distraerme de las malas noticias de la peste que cunde en la ciudad. En tus duermevelas de las últimas horas de la tarde, aprovecho para dejarte encargada a tu esclava Sacramento, que aunque no se lo diga, no te deja ni a sol ni a sombra, y como a vos le gusta escuchar las historias de la Santusa, que se pasa largas horas curando tu cuerpo menguado por la experiencia de la tristeza.

A veces pienso que tu cuerpo se curará con el tiempo y los alegres mejunjes de la Santusa. Pero tu alma, hermana, ¿quién la curará? ¿Tu penitencia es llevar esa cruz de madera colgada al pecho? ¿Penitencia de qué?

Queriendo olvidar estas ideas, me encierro en el despacho de papá y termino mis lecturas a la madrugada, con los ojos irritados de los ávidos lectores de historia en latín, de los santos concilios, de las vidas de santos, de las apariciones y milagros de los santos y las vírgenes en España e Indias.

¿Acaso no entiendes, hermana, que mis sesiones de lectura son también para vos, para narrártelas, para distraerte cuando menos por un momento de ese santo delirio que te asola?

Mira, dice María del Carmen de Gil a su hermana, mientras esta mira el infinito paisaje de la cadena azulada de montañas, te imaginas, hermana, que mi nombre se trata de una alusión del monte Carmelo, a donde subió el valiente profeta Elías a encontrarse ni más ni menos con el más santo de los santos, el Dios de todos los hombres. Mi primer nombre, María, por supuesto por la llena de gracia, María siempre virgen. Del Carmen, por el ya aludido monte Carmelo, en el antiguo Israel. De aquel monte tomó nombre la Orden del Carmelo, cuya fundadora es la santa española Teresa de

Ávila, a quien exhumaron en dos oportunidades y la encontraron intacta en prueba de su gran santidad. ¿No te importa verdad?

María del Carmen de Gil toma con sus dedos el mentón de su hermana, le enseña el libro de historia de santos que sostiene en mano. De acuerdo, pronuncia suspirando, pero casi gritando, y qué dirías si te digo que tu nombre se debe a la francesa y guerrera medieval, santa Juana de arco, a quien los clérigos poderosos de la inquisición creyeron loca por mantener conversaciones secretas con Dios, condenada a la hoguera porque no quiso cambiar su versión, prefiriendo dejar consumir su cuerpo como hoja seca puesta al arrecio de una fogata de invierno. ¿No te importa, verdad?

María del Carmen de Gil tira por la ventana el pesado libro de la historia de santos, sin importarle que la lluvia menuda lo destruya y continúa espetándole a su hermana: Mira que Juana de arco cabalgaba a campo traviesa, ballesta en mano, y su ejército de miles de hombres por detrás. Y vos estás tan loca como ella. Cabalgas en un Pegaso por tus escabrosas sendas de locura, completamente desarmada, sin nadie que cuide tus espaldas. Pero a vos no te quemará nadie, salvo tus propias mentiras, que confundes con verdades que te queman por dentro, a fuego lento.

CINCUENTA Y UNO

No sabes el porqué a ciencia cierta, pero piensas que pronto has de morir.

Primero, porque hasta las mariposas te provocan ganas de llorar. Ese tu paseo mañanero con tus canes cobrizos te hizo mal, porque a cada paso te encontraste con enjambres multicolores de estos insectos.

Segundo, porque no tienes ganas de comer. Los suculentos banquetes del marquesado han comenzado a valerte un pepino.

Tercero, porque has estado pensando intensamente en toda tu gente muerta. Tus abuelos, tu madre, tu solitaria prima que confió en tu amparo hasta más allá de su tumba.

Menos mal que tu testamento ya está hecho.

CINCUENTA Y DOS

El camino del Señor es perfecto, dice Santusa, mientras peina los suaves cabellos de la enferma Juana de Dios de Gil. Me llevó adonde tenía que ir, asegura sonriendo.

Aunque mi dueño, don Tomás de Nava, jamás se fijó en mi madre, se fijó en mí, y una noche envió a buscarme a sus dos hijos varones; desde entonces, una noche venía uno, otra el otro. Así que imagínese, niña, que a partir de los catorce o quince años —ya no me acuerdo— me dediqué a parir hijos de mis amos jovenzuelos. Tuve seis, pero dos se me murieron por haber nacido muy chiquitos, parecían unos gatitos. Unito vivió dos años y se murió nomás. Sobrevivieron mis tres hijos que nacieron ya más blanquitos que yo: Alonso, Teresa y Agustina, la más pálida de todos.

No sé a cuál de mis amitos lo quise más, por eso me puse triste el día que anunciaron que se casaban con las hijas de un minero potosino, dos hermanas de apellido Hereño, niñas limpias de sangre, dijo mi ama. No sé qué será eso pues. Supongo que se refería a que eran mujeres blancas, españolas o hijas de españoles. Primero se casó el uno, luego el otro, con diferencia de un día. La gente decía que las dotes dadas para cada una de ellas sobrepasaba los 28.000 pesos.

Antes de que los amitos dejaran su casa de infancia, sus padres organizaron una reunión de familias y amigos. Invitamos chocolate de Moxos en tazones finos de porcelana. Todos estaban bien contentos, hasta yo.

Se fueron de la casa, me dijeron que volverían para la pascua: mentira, nunca volvieron. Me quedé solita con sus hijos, bien pero bien triste.

Mis niños y yo vivíamos en el último patio de la casa de la calle de los Caños Rotos, de mi amo Don Tomás de Nava, a quien yo decía amo o amito al igual que todos los esclavos de su casa. Él era bien bueno siempre, no como otros amos que todos los días azotaban a sus negros por cualquier cosa. Mi amo hacía dar huasca a los que merecían nomás, nos daba dos horas libres los domingos y las pascuas para que vayamos a misa, porque decía que no quería ser tropiezo en nuestra fe cristiana. Los sábados yo era la encargada de ir a la recova y comprar todo lo que mi ama me encargaba. Nunca he sabido leer y peor escribir, pero me colgaba la canasta al brazo y guardaba en la cabeza las pocas cosas que hacían falta en la casa: que una arroba de azúcar en 16 pesos, que el café de 4 reales, que el remedio de eucaliptus para los resfriados que fabricaban las monjas en medio real...

Lo demás que necesitábamos lo teníamos en la casa de los amos. La huerta con cebollas, con choclos, con árboles frutales. Del corral salían los chanchitos y las gallinas que yo sabía degollar como mi madre me enseñó que se hacía en las tierras de su nación, Angola.

El amo se quedaba impresionado, porque ninguno de sus esclavos ni de sus indios sabía matar tan rápido a los animales. Primero afilaba el cuchillo en una piedra de moler, hasta que las chispas saltaban. Luego acaballaba a los animales cortándoles la garganta con un movimiento inesperado. ¡Zas! así y así...

Del corral de las gallinas salían los pollitos, los huevos delicados que cogían mis manos con la misma prestancia con la que mataban. ¡Inocentes animales de Dios! Las frutas de temporada, la leche y la mantequilla, los carneros y los buenos vinos los traían a la casa los indios que trabajaban para los amos en sus haciendas de T'ipas y Anahuaya del valle de Turuchipa.

CINCUENTA Y TRES

En mis sueños he escuchado los pututus de los indios en el lejano ulular del viento.

A lo lejos, una ronda de vendaval y una ciudad con torres de iglesias, prisionera en un anillo de fuego.

En aquel campo donde yo estaba, el vendaval me alcanzaba y hojas de coca caían lentamente del cielo nublado a la tierra húmeda. Dejaron de caer en el cruce de un camino, a la puerta de una choza miserable.

Colgaba allí el cadáver de una india, los perros en derredor. Estaba puesto en advertencia a todo aquel indio rebelde. Cubriole el rocío de la mañana, así que la india muerta parecía bordada con diminutas perlas de cristal.

Las voces de mis sueños dijeron que la habían quemado desnuda. Me susurraron su nombre: Bartolina.

Ahí desperté. La boca seca, el pelo todo revuelto. El vaso de agua puesto en mi mesa cayó porque mi mano temblaba torpemente, y entonces, levantándome abruptamente de mi lecho, descorrí el pestillo de la puerta y salí trotando descalza como vos lo haces en tus episodios de locura.

Ya despierta, en medio del patio, recuerdo que solo quería escapar, pero temía que en cualquier momento nuestros fantasmas familiares pudiesen aparecer caminando, saltando y cantando. Por eso volví a mi dormitorio, donde la realidad me parecía aún un sueño, y por eso temía que los indios me cercaran como lo hicieron con Isabel de Gil, nuestra tía, que murió en el cerco a La Paz por falta de auxilio médico, aunque papá decía que murió de miedo.

Hace diez años que los indios cercaron la ciudad de La Paz. Diez años del ajusticiamiento de rebeldes. Papá contaba que el mítico héroe indio se llamaba Katari, pero que sus soldados le decían

Q'ananchiri, que en lengua natural significa la voz que ilumina, que su mujer era una india alzada llamada Bartolina. ¿Algún día escribirán los historiadores sobre ella?

¿Te acuerdas, hermana, que cada noche nuestra madre nos hacía rezar el rosario para que las tropas de indios no vinieran?

En cambio, hoy rezaría otros miles de rosarios solo para caer en las salvajes manos del Q'ananchiri y librarnos así de esta peste maldita.

CINCUENTA Y CUATRO

Hubo una época en que pensaste que nunca morirías.

Recuerdas tu niñez. Recuerdas las golondrinas de la catedral de aquella villa de clima templado y casas azules y ocres, esa corte pequeña en la que quieres morir.

Recuerdas que a veces eras libre, solo a veces, pero eso te bastaba. Con una de las esclavas, tu madre te dejaba ir a pasear a la plaza mayor donde los caciques indígenas tenían sus casas, de ahí es que recuerdas las golondrinas volando en derredor de la catedral.

El sol te daba en la cara, parecías un niño feliz. Pero al retornar a casa, todo volvía a ser como antes. Tu padre y su ausencia: dos componentes gemelos.

Él, siempre afanado en sus infelices escapadas con sus queridas, por eso nunca estaba en casa, y lo peor era que cuando estaba, parecía como si no estuviera, siempre encerrado en su despacho, fingiendo estar ocupado.

Y tu madre y sus afanes febriles y apremiantes. Pobre madre. A veces vaciaba la casa para volver a poner las cosas en el mismo lugar, como cuando vaciaba las alacenas, sacaba los juegos de vajilla, y después de lavarlos y secarlos, los ordenaba en simétrica forma. Si algo no quedaba bien, volvía a comenzar.

A veces sacaba la ropa de todos los baúles para volver a guardarla con exactos y caprichosos dobleces. Nunca te dejaba ayudarla en nada.

Tu madre y su ausencia.

Esa fue la época en que pensabas que nunca ibas a morir. Y vos que tanto querías morirte.

CINCUENTA Y CINCO

Dije que no soy como las demás y es cierto, niña Juanita de Dios de Gil, dice Santusa, no soy como las demás.

Por Dios que no le miento y míreme cómo me persigno con la diestra, por la señal de la santa cruz, de nuestros enemigos, líbranos Señor nuestro. Recuerdo el calor del valle en la época de las carnestolendas, las pozas tranquilitas donde el agua era bien tibia. En las tardes, mientras los amos hacían la siesta, un par de indios se quedaban a velar la hacienda, los demás, entre indios y esclavos, nos íbamos a las pozas. A una poza, los hombres, a la otra, que quedaba a la vueltita, las mujeres, con nuestras wawitas cargadas en k'epis.

Ahí, las wawas aprendían a nadar, a correr, a remontar las lomas riendo, cantando. Después nos recostábamos en la arenilla, y era meta a comer los frutos que cosechábamos en las haciendas, como el ciruelo, damasco, melón. Nos dábamos unos atracones de fruta que nos aflojaban el vientre.

Más tarde, uno de los indios cuidadores nos silbaba, y así nos enterábamos que los amos se habían despertado. De allí ya nos tocaban las tareas del atardecer, preparar el chocolate, las empanadas de masa que la ama decía bocadillos. A nosotros no nos daban permiso de comer pan blanco, solo comíamos el negro. Los días de hacer pan eran los sábados, porque el domingo es el día del Señor, es pecado trabajar.

Lo lindo era que con tanta fruta, las esclavas y las indias preparábamos mermelada de fruta cocida con azúcar quemada, en peroles de cobre. Meneábamos por largo rato con cuchara'e palo, mientras cantábamos canciones bien alegres, como la que decía: pero yo he de volver, cruzando el río, como la alondra buscando el nido de sus amores...

Pero eso no quiere decir que todo era alegre, niña Juanita. ¿Sabe por qué?

Yo tenía permiso de darles pan blanco a mis tres hijos, porque los amos bien sabían que eran sus nietos. Así nomás comenzó el embrollo. Una tarde de verano, antes de ir a la poza, la ama me dijo que vaya nomás, que ella quería quedarse con mi hija Agustina, que entonces tenía como tres o cuatro años. No me pareció raro, porque era a la wawa que más quería, la Agustina era la más parecida a sus hijos, que ya no estaban con ella. Es que la Agustina era bien blanquita, sus pequeños labios eran del color de ciruelo, y sus espesas pestañas tan largas que parecían postizas.

Entregué a la wawa en los brazos de mi ama, pero no la volví a ver por varios años, porque los amos viajaron llevándose a mi hija, dejándonos a merced de un mayordomo mestizo de su confianza.

Me acuerdo que solo quise morir y perderme tras el viento, libre.

Dicen que en carnestolendas el diablo anda suelto. Mirándome en el reflejo del agua de la poza hice una promesa y me dije a mí misma: esclava Santusa, tienes que ser libre, Santusa, tienes que ser parda libre.

CINCUENTA Y SEIS

Por lo menos vos tienes a la vieja Santusa, que, más que los higos en almíbar, te alegra la vida.

También tienes a la esclava Sacramento, que daría su vida por vos. Y las propiedades de nuestros padres, que por ser la primogénita, figuran hoy como tuyas.

Yo no tengo nada ni a nadie, ni siquiera un perro. Y vos tienes a tus chulupías y el recuerdo del amor de Ángel Mariano de Toro.

Todo lo abarcas vos y esta tu locura insondable que te hace cada vez más y más forastera al mundo de los mortales y más cercana a las montañas azules de allá enfrente.

No hay lazo que pueda atar mi corazón. No, no lo hay.

CINCUENTA Y SIETE

Ya es tarde, amigo mío. Tarde en el horizonte de tu vida. Tarde para dejar de lado los recuerdos.

Los recuerdos no son solo ayer. Son hoy. Son esta mañana, esta noche.

Consideras marcharte. Huir, en todo caso. En fin, ya pasó Reyes, ahora vuelve a esa tu vida inundada hoy por los recuerdos y por la promesa de la muerte que piensas que pronto vendrá caminando hacia vos.

Reflexionas que no fue fácil venir año tras año al marquesado de Cayara, no. No fue fácil sabiendo a la marquesa tan bella y, sin embargo, tan ajena.

Este año fue el peor de todos. Si no puedes con tus recuerdos pesarosos del pasado, peor podrás con este animalesco furor de tu alma y de tu cuerpo que te hace sentir como un lince enjaulado ante el castigo de amar.

Por eso debes huir.

CINCUENTA Y OCHO

Aunque mis dos hijos mayores querían hacerme la vida más fácil, mi alma comenzó a extrañar a Agustina, mi niña blanca. La oía llorar por las noches y me levantaba al tiro, pero su llantito se iba, parecía que se escapaba en el aire frío de la oscuridad.

Para encontrarme con ella, me sentaba al sereno y esperaba con el alma en vilo, pero mi niña no volvía. En el día no tenía fuerza alguna para trabajar, caía en soponcio a cada rato, y las indias, queriendo ayudar, me daban bebedizos de coca que solo me hacían vomitar.

Los esclavos y los indios de las haciendas hicieron correr la voz de que el demonio quería llevarme. Que el demonio me estaba robando el sueño, que alguna india envidiosa me había echado el mal de ojo. Que yo era una negra k'encha.

Esas cosas y más dijeron.

Enfermé con fiebre ardiente. Mis hijos mayores se turnaban para cuidarme en la noche, cantándome canciones de otras épocas, refrescándome, haciendo aire con sus manitos. En el día, las esclavas y las indias me cuidaban, poniéndome trapos mojados en la frente y hojas de coca pegadas a la cabeza, a ratos rezando jaculatorias a la virgen de Dolores.

Dicen que las indias veían la suerte en coca y querían hallar la cura para el maleficio lanzado contra mí. Ellas hacían arder sahumerios contra el k'encherío hasta que sus ranchos quedaban llenos de un humo bien oscuro y hediondo.

Las indias y las negras contaron que yo estaba perdida en el sueño, que deliraba como vos, niña, en lengua que no se entendía, y que mi sudor empapaba los phullus y desteñía sus colores. Por eso los brujos indios me abandonaron, dijeron que estaba condenada a morir, no de una enfermedad cualquiera, sino de amartelo de wawa, que era peor que cualquier enfermedad.

La enfermedad no quería dejar mi cuerpo. Pero yo no estaba preparada para morir. En mis sueños me veía remontando las lomas, cantando, riendo con mis wawitas. Ahí nomás vi una luz que traspasaba mi cuerpo, como un sol ardiente, y mis cuidadoras contaron que yo gritaba como poseída, ¡domingo, domingo, domingo!, por lo que, para ese domingo, los indios de las rancherías hasta habían terminado de clavar mi ataúd, pensando que ese día Dios me llamaría a su presencia.

Pero el ataúd tuvieron que usarlo para guardar la cosecha de frutas de la estación. No me morí ese domingo ni ningún otro, y aquí estoy hablándole, niña Juanita de Dios.

Todavía me faltaba cumplir el deseo de mi madre esclava africana, de nación Angola.

CINCUENTA Y NUEVE

Has atado una cuerda de dos árboles, como la que en nuestra hacienda de Pitantora ataba Dámaso Huayra, nuestro indio, para que columpiáramos en el verano. Y tu camisón de lino limpio con el que te vistió la comadre Santusa no dura, porque te has levantado descalza y el barro te salpica por doquier. Con tu gran cruz pendiendo del cuello y meciéndose al compás de tu cuerpo, te has levantado feliz de tu siesta como si algún bicho raro te hubiese picado, y en este atardecer de garúa estás tan hermosa, hermana mía, que no pareces loca.

Tus cabellos rubios trenzados por la Santusa se mecen en el viento húmedo, y tus carcajadas alegres me recuerdan a cómo éramos tan solo unos meses atrás en la historia del mundo.

Y cantas alegre esa rondita que nuestras hermanitas jugaban, que era como un trabalenguas rimado, porque decía: cuando el reloj marca la una, las calaveras salen de su tumba, chumbalacachumba, lacachumbabá, cuando el reloj marca las dos, las calaveras comen arroz, chumbalacachumba, lacachumbabá, cuando el reloj marca las tres, las calaveras juegan ajedrez, chumbalacachumba, lacachumbabá.

Y así llegaste hasta el diez, que es cuando las calaveras se lavan los pies, chumbalacachumba, lacachumbabá. Y volviste a la una, y cuando las calaveras salían de su tumba, tu voz se fue apagando de a poco, y bajándote del columpio vimos tus lágrimas tornasoladas dejando un charco como huella en la huerta de tarcos floridos, árboles frutales y crisantemos rosados.

SESENTA

Pasadas las fiestas de los santos reyes has vuelto a la Villa Imperial de Potosí a hacerte cargo de tus asuntos. Llegaste sonrosado y envuelto hasta el cuello en tu capa de armiño. Estás más gordo que cuando te fuiste, al igual que tus estúpidos perros cobrizos y tintineantes. Tus esclavos, flacos como calaveras.

Los indios te han saludado a la entrada de la ciudad, y del cerro han bajado corriendo los enteradores de la mina para seguirte hasta la parroquia a brindarte informe de todo cuanto ha pasado en tu ausencia.

En tu despacho de San Bernardo, donde pende el gran lienzo al óleo del arzobispo San Alberto, te has sentado aterido de frío y has ordenado que un indio caliente el aposento con alcohol de quemar, que otro indio te ponga otra sotana y que después te cubra los lomos con tu manta de vicuña, mientras los Tomases y tu mozo Nicolás Montero están en la planta alta, desempacando tus baúles y ordenando la casa.

Que la mayoría de los indios se emborracharon para el año nuevo, te informan, y que no pagaron el diezmo. Por eso, el jefe de la mina te dice que ha puesto en el cepo a cuatro indios que se emborracharon y no pagaron el diezmo. Te pregunta qué se va a hacer, y vos no sabes qué responder, porque todavía estás pensando en el ámbito marino de la marquesa.

Aunque el capitán de la mina espera tu orden, vos te pones risueño y le cuentas que la marquesa Josepha de Escurrechea es un as para preparar bocados exquisitos, y que el solo hecho de comerlos puede ser un pecado. También dices que escribe un gran libro de cocina con su fina caligrafía medieval heredada de sus antepasados.

SESENTA Y UNO

Le mentiría, niña Juanita de Dios de Gil, si le dijera que recuerdo alguna de aquellas asesinas noches de fiebre.

Primero iban y venían, iban y venían. Luego, de repente, comenzaron a aumentar. Me cuentan mis hijos, que ahora ya son adultos, que permanecí con calentura y temblores por varias noches seguidas.

Tan fuertes eran mis temblores, que el delgado colchón de paja en el que estaba postrada, temblaba al son de mi cuerpo, como en otras épocas se meneaba en contorsiones el cuerpo de madre en las fiestas paganas del carnaval.

Decían las indias de la ranchería que lo mío era la enfermedad del chujcho, decían que eran tercianas, que eran fiebres del heno y de la vaca loca. Que me iba a morir prontito, pronto.

SESENTA Y DOS

Tengo miedo del indio Katari, del Q'ananchiri. Dicen que su voz todo lo ilumina, como una luna llena en la oscura noche invernal.

Pero más miedo tengo de vos, hermana mía, que nos dejas desolados con toda tu desolación. Vos no iluminas, sino que anocheces sin tregua.

No puedes poner en pie tu alma, no puedes. Cuando viene la Santusa, la escuchas con la misma compasión que ella te tiene, y a veces yo sé que sonríes, porque la Santusa es graciosa y uno no puede reprimir la risa.

Pero nada te hace olvidar a nuestras hermanitas muertas por la peste. Y al mismo tiempo, de todo te olvidas, menos de que puedes contraer esa misma peste. Vives al borde de vos misma, buscando rebatir mis argumentos con tus palabras afiladas. Cuando rompes tu vallado de silencio, solo hablas de verdades donde no las hay, verdades que solo para vos lo son. De qué diablos sirven las verdades si estas te atormentan.

Tal vez debería darte las cartas de Ángel Mariano de Toro. Las tuve que abrir para que no se quedaran cerradas para siempre.

No, no, para qué dártelas. Si ya te estás muriendo de tanto sufrir su ausencia.

SESENTA Y TRES

En tu aposento, después de rezar tus oraciones, te persignas, apagas las velas con el despabilador y finges dormir.

Afuera, Quintín, Quevedo, Quitacapas y Quántico, tus estúpidos canes ladran a la luna, al viento, a las sombras, a lo que fuere.

Y el sueño no te viene. Por lo menos no completamente. No se debe a tus perros, que aunque nadie podría dormir con semejantes ladridos, lo que ocupa tu mente son nuevamente los recuerdos vivos, los muertos, los insomnes.

Sigues pensando en tu infancia, en la villa que es corte pequeña, al llegar del Callao. Si alguien te preguntara cuál es tu mejor recuerdo, responderías que allí se quedó, esculpido en las piedras de tu memoria.

Fue un día cualquiera, tu madre seguramente estaba ocupada en algún ajetreo. Si no era una cosa, era otra. Se movía por la casa con su séquito de sirvientas y su arsenal desinfectante de alcohol y lejías, trapos, escobas y plumeros. Esto aquí, esto allá, quiten eso de aquí, déjenlo, límpienlo, que aquí sigue habiendo polvo.

Entraste al despacho de tu padre. Escribía algo, no sabes qué sería. Darías la vida por saber qué escribía y a quién. Seguramente esquelas de amor a su amante, la madama Manuela Gómez.

No querías que te viera, pero te vio. Ven, te dijo, lo recuerdas casi como en sueños nebulosos. Abrió un cajoncito, buscó un poco y sacó un papel de colores doblado en partes iguales. Era un mapa de Europa, que te regaló, más por el apremio de que le dejaras seguir escribiendo, que por otra cosa. Pero para vos fue lo máximo. ¡Un regalo de tu padre!

Con tus ocho o nueve inocentes años, a todos contaste que tu padre te había regalado un mapa. Lo sabían todos en la ciudad. En el vecindario, en la iglesia.

Lo peor de toda tu historia es que guardaste ese viejo mapa por más de cincuenta años. Lo llevas todo el tiempo, dobladito entre las páginas de tu libro más sagrado, que es la Biblia. Ya está ajado, descolorido y muchas de sus partes se han roto. Forma parte de tus reliquias: un pañuelo de tu madre y el mapa de tu padre, que como buen viejo achacoso y mañoso, guardas escondidos en un cofre de plata potosina debajo de tu cuja.

Ahora que lo piensas, no sabes quiénes demonios eran tus padres. Eran tan distantes no solo el uno con el otro, sino contigo.

Y te preguntas también qué haces guardando esos objetos por tantos años.

Con el furor de Sansón que tuviste en tu juventud y que te permitía alzar en brazos a la india Huara, la madre de tu hijo, te levantas del lecho y bajas a tu despacho, donde vigilan los ojos del arzobispo San Alberto. Abres tus cajones, uno a uno, luego dos en uno, frenético, se caen algunos, los dejas abiertos otros, no importa.

Los esclavos Tomases no despiertan, pese al estrépito.

Afuera, en el patio, siguen ladrando los perros. Has encontrado lo que buscabas.

Cargas el arcabuz que fue de tu tío Mateo. ¡Uno, dos, tres, cuatro!

¡Hasta qué hora pensaban ladrar, perros inmundos!

SESENTA Y CUATRO

Nada sanaba a Santusa Nava, dice Santusa Nava, con un aire de quien le cuenta una pena ajena a Juana de Dios de Gil, que permanece estática como una muñeca de trapo, de esas que su hermana dice que eran vestidas de terciopelo y que su padre les trajo de obsequio desde Lima.

Los indios hechiceros que vivían detrás de las lomas dijeron que el amartelo de wawa era incurable, que era mejor que me muriera. Me mandaron una botella con un líquido rojo como sangre, era veneno. En las confusiones que me provocaba la fiebre, quería tomarlo todo, de una vez.

Mis hijos son pequeños, me acuerdo que pensaba, y quería levantarme del lecho para atenderlos, pero la fuerza me faltaba en los tobillos y caía sobre el colchón de paja, embotada, como borracha.

Las indias de la ranchería conocían la desesperanza peligrosa del mal del amartelo de wawa, y pese a eso, ellas querían sanarme. Por eso me ponían encima unos trapos mojados que me bajaban la fiebre. Así recuperaba un poco el aliento. Esas mismas indias me decían que yo tenía suerte de que los amos se hubieran llevado a mi hija. Ella sería rica y se casaría bien, decían en quechua.

Yo las escuchaba nomás, pero el dolor de su ausencia me partía el corazón.

SESENTA Y CINCO

Mientras tu mirada está perdida en los rumbos secretos de aquellas montañas azules que observas a través de tu ventana, a que no sabes quién volvió a casa. Vino Ángel Mariano de Toro, con su capa oscura y en el ojal del chaleco una flor de azahar, que le hacía verse como un novio bien ataviado. Le dije que se fuera o que soltaba a los perros. No sé si me creyó, porque lo peor de todo es que no tenemos perros.

Trajo su última carta. Digo que es su última carta, porque no voy a recibirle ni una más, he sido muy buena contigo. Basta de abarcarlo todo, cual si fueras una reina, una reina virgen como Elizabeth de Inglaterra, hija de Ana Bolena y Enrique VIII.

Piensas que puedes gobernarnos a tu antojo, mientras te encuentras paseando por tus sendas misteriosas de crepúsculos y rondas infantiles, retraída en tus contemplaciones almáticas, para decirlo amablemente, o tengo que decir sin miramientos, sí, sin miramientos, ¿que estás más loca que Juana la Loca?

María del Carmen de Gil toma aliento, porque su retahíla de palabras la ha dejado agotada. Guarda la carta en su bolsillo, pero ha olvidado que su hermana tiene una reacción distinta casi para cada cosa.

Juana de Dios de Gil se tapa los oídos con las manos, como si no quisiera escuchar nada, ni siquiera a sí misma, y comienza a gritar. Gritos agudos, salpicados de quejidos, como los de un animalillo herido.

Su hermana permanece impasible, esperando a que acabe el episodio. Y Juana de Dios calla en el instante menos pensado, y casi como recuperando instantáneamente la cordura, le espeta a su hermana con voz de profeta sigiloso, que se cuide, que está navegando en océanos de marejadas y aquelarres inminentes y de fondos de corales forjados con titánica borrasca marina, porque la locura es contagiosa, más, más, más, mucho más que la peste que mató a las niñas.

SESENTA Y SEIS

No sabías que los Tomases hubiesen tomado tanto afecto a un cuarteto de perros tontos. Les han enterrado atrás, en el terreno baldío que está detrás de la casa parroquial, y encima han puesto, a cada uno, una cruz de cañahueca amarrada con burdas pitas.

No te han querido hablar los Tomases. Han llevado a cabo sus faenas diarias sin hablar, sin preguntar nada. Están medio enfadados con vos.

¡Habrase visto! No te importa. ¿Acaso ellos están metidos en tus entrañas? ¿Acaso ellos saben lo que es guardar una bestia acorazada en el pecho, lo que es una vida vacía como la tuya y, al mismo tiempo, llena, llena de la rutina del desamor, que es lo peor que puede sucederle a un hombre?

SESENTA Y SIETE

Las indias de la ranchería eran más sabias que los indios hechiceros que vivían detrás de la loma, dice Santusa Nava. Juana de Dios de Gil pregunta por qué, y su interlocutora, que se muestra sorprendida por la primera palabra que oye de ella, le responde con naturalidad: porque eran madres, niña Juanita de Dios, porque eran madres.

Una noche de luna creciente, las indias de la ranchería resolvieron curarme y quemaron en fogata la botella de sangre que me tendría que haber matado, y después de hacer arder un sahumerio de yerbas y fetos de animales, tejieron una pulsera de lana de oveja, teñida con una planta colorada.

Después me amarraron la pulsera colorada a la diestra.

Ese era el remedio para el amartelo de wawa.

SESENTA Y OCHO

No he tenido el valor de quemar las veintiséis cartas de Ángel Mariano de Toro, porque me gusta pensar que cada palabra la escribió pensando en mí. Solo por eso.

Ángel Mariano y su voz masculina retumbando sobre mi piel. Su cercana caligrafía convenciéndome de que su manzana de Adán está bien puesta allí, de que sus perfectos dientes adolescentes se mostrarán sonriéndome ampliamente y la sombra poblada de su barba me hará cosquillas.

Que cuando trepó hasta nuestro balcón fue por mí y no por vos. Que sonrió como rogándome que recibiera tu carta. Me gusta pensar que aquella primera carta fue para mí, como las restantes veinticinco.

Las tengo escondidas dentro de uno de mis pesados libros de historia, ordenadas por fechas y atadas con un lazo de cinta. Qué pena que nunca las puedas leer por estar tan loca.

Pero total, una palabra no dice nada, y es como si lo dijera todo al mismo tiempo. Todo en la vida es relativo. Como el enigma que San Agustín jamás logró comprender, por eso escribió La ciudad de Dios.

Y estas ridículas cartas son solo eso, palabras, nada más que palabras.

SESENTA Y NUEVE

Juan Antonio ha venido desde el seminario Conciliar de San Cristóbal, tras unos nueve años de ausencia en los que no te ha visitado ni siquiera para el día de tu santo.

Le dijeron que estabas al borde de la muerte, por eso vino, que si hubiese sido de otra manera, no venía ni por todos los santos, ni por los ángeles del Señor.

Más correcto habría sido decirle que te dio un ataque momentáneo de rabia canina. Que por eso liquidaste a tus perros. Quién se lo mandó a decir, no lo sabes ni te importa, tal vez los Tomases. Eres un hombre viejo, puedes hacer lo que se te venga en gana y nadie tiene por qué recriminarte.

Hoy, lo que te importó por primera vez es que Juan Antonio parecía ser vos hace muchísimos años atrás. La tez blanca y sus ojos grises de niebla, la calvicie incipiente, la nariz afilada, el mismo difícil ademán de desahucio y desamparo que vos debiste tener entonces.

Tomó asiento en el canapé de tu despacho, examinándote, solo examinándote. Sus ojos buscaban en los tuyos una ignota cercanía que fuese tan apremiante como para tolerar quedarse. Qué le pasó, padre, es todo lo que preguntó, nada más, mientras vos no atinabas a responder, sino a enumerar vuestros momentos juntos, este era el tercero. El primero, cuando no había nadie en casa y le pediste que fuera a comprar la pomada de eucaliptus al convento carmelita, y el segundo, cuando le ordenaste que te pasara el salero. No hubo más.

Ni siquiera cuando le obligaste a ir al Seminario lo acompañaste como a vos te acompañó tu tío Mateo. Solo llevaste a cabo las gestiones con gran diplomacia, tu especialidad. "Mi hijo adoptivo quiere servir al Señor, padre rector, cuán bendecido he sido", escribiste al padre Melchor José de la Piedra, tu amigo.

Y luego le enviaste con su soledad hasta ese hogar masculino de patios rectangulares y muros de piedra como los de tu corazón. Le enviaste con su escueto equipaje, cargando sus modales de niño triste y un destino casi tan resignado como el tuyo.

Y mientras él vuelve a decir que qué le pasó, padre, vos quisieras decirle que te pasa de todo, que has descubierto que nunca hiciste nada, ni siquiera para Dios, que no sabes adónde irás a parar, si al cielo o al infierno. Que la fe te falta como a Pedro y que estás a punto de negar a Cristo.

Que fallaste a tu prima hermana, que confió en vos hasta más allá de los terrores de los palacios de la muerte, y que sigues aquí desidiosamente sin hacer nada al respecto. Que aunque era más pobre que una rata, envidiaste siempre a tu primo hermano Domingo Suero de Leytón y Ribera por ser un rebelde a los azogueros ricos y favorable a los pobres indios. Que como el rey David deseaste a la mujer de tu prójimo, y que, de paso, no sabes por qué tus padres te odiaban tanto. Además, quieres decirle que se largue de tu casa, que no eres digno de su visita.

Quieres decirle que eres peor que uno de aquellos perros que anoche asesinaste. Que por lo menos esos conocían de fidelidad a los suyos. Vos no, no conoces nada que no sea derecho canónigo y toda parafernalia de lujo y riqueza.

Pero no se lo dices, y así se han de pasar vuestras vidas, sin que se digan nada de nada.

SETENTA

Yo no sé, dice Santusa Nava, pero tampoco la pulsera de lana roja tejida me curó del todo, sino la fe en mi Cristo, que es una cosa bien diferente. La pulsera la tenía aquí, le dice indicando a Juana de Dios de Gil su muñeca derecha. Pero la fe la tengo aquí, explica poniendo la mano sobre el corazón.

Eso me lo dijo un cura pelirrojo y fornido que se llamaba Domingo Suero de Leytón y Ribera, a quien le enseñé la pulsera. Aunque luego quise ubicarlo para que me diese su bendición, nunca más lo volví a ver. Me contaron que andaba predicando y orando por los enfermos por todo lado.

De allí en adelante, comencé a curarme. Volví a mis labores en la casa de los amos, que habían regresado de su largo viaje dejando a la niña en la casa de su padre, en Potosí, para que se criara como una dama.

Aunque la fiebre había cedido, la pesadumbre de mi corazón no se marchaba, así que me acogí al servicio y decidí no juntarme con ningún varón que no fuera mi marido legítimo. Eso lo juré por la ausencia de mi niña.

Así transcurrieron los años. Trabajaba mejor en el campo que en la ciudad, así que los amos me dejaron en su hacienda de Anahuaya, sembrando papa y cebolla hasta que las manos se me partieron. Las fiestas de guardar teníamos misa en la capilla de la hacienda. Es así que desde la ciudad, los amos venían con un tropel de amigos y parientes, entre los cuales siempre había algún cura. Así que en Anahuaya había misa todos los días, y más aún si se trataba de la santa semana; en la finca se hacían procesiones varias, como la del santo sepulcro, y se rezaba el rosario de siete, todos juntos, amos y esclavos. Esa era la parte que más me gustaba.

La ama enseñaba bien. Después de la misa, a la mesa, así que

149

los manteles tenían que estar inmaculados para la hora de la comida, las copas para el vino y el agua, a la derecha, el platillo del pan a la izquierda. Ella decía que así se estilaba en los sonados banquetes del marquesado de Santa María de Otavi.

Los amos fueron invitados unas tres veces a la hacienda Cayara de los marqueses. Desde entonces, la ama imitó en todo a la marquesa. Que el vestido, que el peinado, que el abanico, que la disposición de la mesa, que esto y que el otro.

Juana de Dios de Gil ríe. Santusa Nava se sorprende esta vez, pero piensa que es un buen síntoma que una niña tan triste ría espontáneamente.

Y qué pasó con tu hija, pregunta Juana de Dios de Gil, sonriendo aún. Santusa responde con calma que las indias tuvieron razón una vez más, que su hija tuvo mejor futuro en manos de los amos.

SETENTA Y UNO

No tiene nada de poeta el Ángel Mariano de Toro. Si por lo menos fuera poeta, ese sería un buen pretexto para pensar en él.

Lo peor de todo es que no me importa que no lo sea. A mí me gusta verle así, con su larga capa oscura que le hace verse más alto, con su flor de azahar en el ojal, sus ojos verdes de herencia extremeña, y ese su curioso ámbito reposado de noche que le hace parecer tan fácil, pero tan fácil de amar.

De noche, precisamente, es que ha venido a casa todo este tiempo para dejar sus veintitantas cartas. Qué pena que no pueda verte así tan loca como estás. Imagínate, hermana, ¡saldría corriendo del susto!

La primera de las veces a las que me refiero, dijo que cuando las niñas murieron, él se encontraba de viaje en su hacienda de Duraznillo, así que, disculpándose, trajo una elegante esquela blanca con un ribete negro en la que expresaban sus condolencias él y toda su familia de escribanos. Cuando preguntó por vos, le dije que estabas enferma y que no recibías visitas, porque tu enfermedad podía ser contagiosa.

Eso le asustó un poco, lo sé porque su palidez habitual se hizo tétrica. Y María del Carmen de Gil recuerda la escena y le causa tanta gracia que se pone colorada de tanto reír.

A través de la ranura de la puerta, la esclava Sacramento la oye y la observa gesticular y reírse, encerrada con pestillo desde adentro del dormitorio de su enferma hermana, quien mira las nubes del cielo raso de su propio silencio infinito.

SETENTA Y DOS

Pese a todos tus pronósticos, te han dicho que Juan Antonio se queda a pasar unos días en tu casa. Ha pedido licencia y que otro padre le sustituya en las clases de griego y teología que dicta a los estudiantes del Seminario.

Has perdido la cuenta. Parece que fue ayer la madrugada gris que le dejaste marchar de tu casa hacia San Cristóbal. Recuerdas bien ese día porque te dio gusto que el muchacho se fuera, así ya no tendrías que enfrentar sus grises ojos idénticos a los tuyos, como interrogándote, siempre Juan Antonio interrogándote.

Te contaron que Juan Antonio es brillante, que habla el griego como lo haría Sófocles y, al mismo tiempo, es capaz de convertir a un ateo a la fe de Cristo con válidos argumentos del evangelio de amor. Te negaste a creerlo, es más, te hiciste al loco contigo mismo, como siempre lo haces. Cómo no, si eres un experto en eso.

Y ahora qué. Qué se trae entre dientes.

Tal vez vengarse de toda una vida a tu lado, sin un solo recuerdo tuyo. De que nunca hayas nombrado siquiera a su madre, que le hayas separado de ella.

Él fue para vos un criado, jamás pasó de eso. Y es tu sangre.

SETENTA Y TRES

Decían que Agustina era muy bella. Supe que era así cuando fue a visitar a sus abuelos a Anahuaya en un verano cálido de buena cosecha de fruta.

Su padre había casado a Agustina con el hijo de un mercader español, y ya tenían un hijo. Los tres eran perfectos, tanto, que parecían unos muñequitos recortados de papeles de colores.

Como se lo había contado, niña Juanita de Dios, lo único que quería era volver a verla y después morir. Y la vi, de lejitos, pero la vi. Lo curioso es que en mis recuerdos era más bella que en la realidad.

No tuve ganas de morirme, sino de rezar a ese Dios del que me predicaba mi amigo, el padre Domingo Suero de Leytón y Ribera. Agradecer que ella tuviese una generosa vida.

Por el contrario, nosotros no teníamos nada. Mis otros hijos eran tan esclavos como yo, trabajaban de sol a sol, a veces les culpaban por cosas que no habían hecho. Estábamos acostumbrados a la desesperanza, porque vivíamos las vidas de otros, de los otros tan distintos a nosotros.

Ahí fue que, tras tantos años, recordé que yo no soy como todas. Qué caramba. Soy mujer distinta, me dije. Recordé que tenía que ser libre como lo había jurado a mi reflejo del agua en aquella poza de mis desdichas. Aunque en ese momento no supe que era un juramento, sino tan solo el dolor de una ausencia.

SETENTA Y CUATRO

No creas, hermana, que con todo lo que pasa en esta casa de locos me olvido de mi expiación. En este tiempo de desolación y de prueba, cual el siervo Job, he comprendido lo que es la expiación. Expiación es tenerte cerca en esta vida casi monacal que nos diluye poco a poco, como un tormento lento de pesares contenidos. Es soportarte con tu aire de reina medieval, con tus ojos dolidos de virgen dolorosa.

Mi expiación eres vos. Cuidar que tu propia locura no socave los cimientos de tu alma desgastada a causa de las ausencias que no asume. Y lo peor de todo es que no sé si esta expiación servirá de algo. ¿Pasará la peste, pasará la lluvia, pasará esta expiación y, nosotras, cuando pasaremos?

SETENTA Y CINCO

Estás ocupado contestando todas las cartas llegadas durante tu ausencia. Te has levantado al alba para hacerlo. Tu plan es que después, casi a hurtadillas, puedas salir volando de la casa parroquial para perderte hasta la noche en la ciudad en menesteres varios. Hasta has pensado inventarte un abrupto viaje. Todo con tal de evadir a tu inesperado huésped, Juan Antonio. No le soportas, ¿o será, por el contrario, caro amigo, que no te soportas a vos mismo? Pero nada ha salido de acuerdo a tus fríos cálculos. Cuando respondías la dilecta carta de vuestro amigo, el presbítero Bartolomé Bernardo Fabro y Palacios, que te comentaba su próxima designación como rector del Colegio de San Juan, como una ligerísima alma en pena apareció muy de repente Juan Antonio, bien vestido y afeitado, dejando en el ambiente un hálito fresco de limpieza y de agua de colonia, que a vos tanta falta te hacen.

Te dio los buenos días y se sentó en el mismo canapé, como marcando un territorio que, por cierto, decidiste que no le pertenecía. Apenas pudiste acabar de firmar la misiva y de sellar el sobre con cera a causa de la inquisitoria mirada que tenías enfrente. El pulso se te puso trémulo.

Así que, aunque acabas de llegar de un viaje, también acabas de decidir que emprenderás otro, hasta la corte en la que dentro de poco posesionarán a tu amigo. Un viaje de escape.

Los Tomases son los que se encargan de la correspondencia, de modo que, con movimientos tácitos y ligeros como los de un joven, despachas todas tus cartas de contestación llamando a Tomás I o Génesis y dándole una moneda para que pague la diligencia del correo. Las tareas parroquiales atrasadas se te han venido todas a una, ya que casi al mismo tiempo que te encargas del afán de las cartas, piden permiso para verte los dos capitanes de la mina, que te informan que has olvidado a los cuatro indios castigados en el cepo. Nadie sabe qué hacer con ellos, porque parece que pronto se fueren a morir.

Ordenas que los dejen ir, pero no sin antes darles su merecido con ese látigo trenzado que ellos llaman quimsa charani. Y para la próxima, que se cuiden, que no salen vivos del cepo, les dices. Que eso les va a enseñar a no gastar la plata del diezmo en chicha.

Ves que la firme mirada de Juan Antonio discute tu decisión. Te recuerda a Domingo de Suero Leytón y Ribera, asesinado por una logia azoguera hace unos pocos años atrás.

Miras a Juan Antonio, pero quién diablos se cree para venir a discutirte.

SETENTA Y SEIS

El deseo de madre se cumplió nomás, cuenta Santusa Nava, mientras lava con chamilliqui el largo cabello de Juana de Dios de Gil.

Después de secarlo con la toalla de finos encajes europeos, comienza a peinarlo con un peine de plata, mientras Santusa recuerda que su madre solo anhelaba que ella sirviese al Señor.

No hubiese sido cosa rara si se lo pedían a una blanca, pero a una parda como yo, sí. Todas las madres son sabias y entendidas en los enigmas más indescifrables, sépalo usted. Así que un poco después de aquel verano calurosísimo en que volví a ver a mi hija, llegaron a Anahuaya los montones consabidos de amigos y parientes de los amos, para la celebración del nacimiento de Cristo el Señor.

Se armaba cada festín que idea no tiene. Unas comilonas de días y días en las que se acababan los vinos de Turuchipa que el amo tenía guardados por mucho tiempo como colección privada. Así que, a comienzo de cada año, el amo empezaba de nuevo a guardar sus mejores vinos en su bodega y juraba no abrirlos hasta que una de sus nietas se casara.

Pero nada le salía bien al amo. Por una parte, porque cuando venían los amigos él se traicionaba a sí mismo y, al calor del festejo, mandaba a traer sus mejores vinos, y por otra, porque todas sus nietas, a excepción de mi hija Agustina, eran monjas.

Juana de Dios de Gil ríe. No es de risa fácil, así que Santusa Nava sigue hablando como cotorra, porque quiere verla reír de nuevo. Y precisamente en aquel verano, continúa Santusa, llegó un amigo de los amos que había estado en Anahuaya un año antes, cuando el amo se quedó sin una sola botella en su bodega.

Era un hombre español, hijo de amigos antiguos de los amos,

quien, seguramente recordando el incidente del año inmediato pasado, trajo de obsequio para el amo una botella de vino de las viñas de Río de la Plata, bautizado como Gran Reserva.

Recuerdo muy bien aquel día. Los amos, con su grupo de amigos, se habían ido a nadar al río. Era mediodía, y junto a otras dos esclavas poníamos la mesa en el patio a la sombra de los limoneros, la brisa era tenue y el canto de los pajarillos y el galopar de un caballo lejano se oían como algo parecido a un murmullo.

Cuando acabábamos de poner las copas, una blanca nube de polvo inundó la entrada de la hacienda. El hombre parecía un forastero, las botas de montar hechas un asco, los tirantes desajustados, el sombrero de ala ancha como el de un duende, la barba crecida y los ojos inmensamente tristes. De su ligero equipaje sacó los dulces de almendra que había traído para mi ama, y de una caja, el Gran Reserva.

No sé por qué, pero el año anterior ni siquiera me había fijado en el forastero. En cambio, cuando entró a la casa envuelto en su nube de polvareda, vi algo en él que no le había visto antes, ¿sabe qué era, niña Juanita de Dios?, era su soledad de forastero.

Se quedó en la hacienda por dos semanas. El tiempo suficiente como para que se convirtiese en mi marido.

Su nombre era Manuel Delgadillo y Garay.

SETENTA Y SIETE

No sé qué parte de la frase "no vengas más" es la que no entiende Ángel Mariano de Toro, que se apareció anoche en la puerta de la casa como un fantasma familiar, mientras yo regaba las macetas de cardos espinosos del zaguán, parecidos a los que mi hermana Juana de Dios tiene plantados en su alma.

Todos los vecinos deben pensar que está loco por mí.

Y como no quise recibir su carta, la pasó por debajo de la puerta. Yo pensaba que probablemente me faltaría el valor a la hora de pasarla por el fuego. Pero no por el agua.

Así que llené la regadera y vertí su contenido encima de la misiva, mientras un río de tinta negra se esparcía formando dibujos de amor. Con el mismo ímpetu, y asida de la regadera, corrí escaleras arriba hacia el despacho de mi padre y, abriendo el pesado libro de historia, saqué el atado de cartas y las tiré por la ventana, dejando que cayeran al patio como un fuerte rumor de lluvia.

Después, al amparo de la oscuridad, regué los papeles, que quedaron hechos un desastre.

Ahora, hermana mía, nadie podrá decirte qué decían esas cartas. Ni siquiera yo, que después me caí desde la ventana, para morir naufragada junto a ellas.

SETENTA Y OCHO

Las ocupaciones de la iglesia te tienen sin tiempo. Pero es mejor así, porque de otra manera tendrías el tiempo que no quieres tener. Es gracioso pensar que a veces nos falta el tiempo y ahora no quieres tenerlo, parece diabólico.

Aunque has estado fuera durante toda la tarde, llevando a cabo trámites varios de la iglesia y de tus minas, en la noche ya no das de cansancio y tienes que volver a casa.

Anuncias a la servidumbre que cenarás en cama, pero te indican que Juan Antonio te espera sentado a la mesa desde hace tres horas, y que varias veces ya ha cambiado las velas porque se acabaron.

Él saluda con un buenas noches padre, y se pone de pie para ayudarte con el bastón y el sombrero, a tiempo que retira la silla de la cabecera para vos. Pero cuánta amabilidad.

Juan Antonio toma asiento en el otro extremo de la mesa. Están tan alejados el uno del otro, que piensas que no se escucharán. Quién te manda a tener una mesa tan larga. Y a pensar que conversarán, además.

Uno de los Tomases les sirve la sopa de pollo con un poco de arroz y cebollín verde picado menudamente por encima. Con cierto aire de despiste, como si no flotara un ambiente de esquirlas puntiagudas de hielo entre ambos, Juan Antonio comenta el clima, el próximo nombramiento de vuestro amigo, el que será rector del colegio de San Juan. Ora antes de comer, bendiciendo la comida como Jesucristo lo hizo en la última cena: Señor, bendice este pan y este vino.

En todas sus acciones, la interpelación sostenida de sus ojos, la intensidad de su intemperie de teólogo.

Toma la honda cuchara y, con fino modal, se la lleva a la boca sin hacer el menor ruido. En cambio, vos no, vos estás muriéndote de hambre, así que a devorar se ha dicho. Quieres comer urgentemente, acabar rápido y largarte a tu aposento, donde sabes que llorarás.

La sopa no tenía mucho sabor, pero esta vez, no tuviste el valor de pedirle que te pasara el salero.

Cobarde. Te quedaste absolutamente mudo durante toda la cena.

SETENTA Y NUEVE

Voy a ser sincera con usted, niña Juanita de Dios, advierte Santusa Nava mientras pone un camisón limpio a la enferma. La acuesta boca abajo y, después de acomodar cuidadosamente sus cabellos, se dispone a ungir sus pulmones con la agripa fabricada por las carmelitas.

La enfermedad que usted tiene se llama amartelo, y de wawa, que es peor. Los médicos dicen que es incurable, los indios hechiceros también, y hasta las indias sabias de la ranchería lo dijeron. Y tienen razón, sépalo usted.

Nunca podrá curarse del todo, niñita, nunca podrá. La desolación de su corazón la perseguirá todos los días de su vida, la verá recorrer como un galgo por sus venas, a veces más, a veces menos. El tiempo no menguará su duelo, pero en el fondo parecerá que a ratos se olvida un poco, y a ratos, otro tanto.

De todos modos, déjeme amarrarle a su diestra esta pulserita roja tejida por las indias de la ranchería. La he guardado por más de cuarenta años. Y déjeme rezar como me enseñó el padre Domingo. Si lo sabré yo. No fui la misma después de que me quitaron a mi hija. Usted tampoco es la misma después de la muerte de las cuatro hermanitas que crió. Su esclava Sacramento me ha contado que usted crió a la menorcita desde que nació, que se llamaba Macarena y era rubia como usted.

La enferma se da vuelta, pone un oportuno índice sobre sus propios labios. Queda claro que no quiere escuchar de Macarena, mucho menos hablar de Macarena.

Después de un breve silencio, Santusa Nava, que lo entiende todo a la perfección, dice: Una tendría que ser tarada para no percatarse de las cosas raras que ocurren en vuestra casa, pareciera que su hermana doña María del Carmen la adora y la detesta a la vez, pareciera, dispénseme usted, que por un fatal embrujo ella hubiera pasado un tramo directo de la infancia a la vejez.

Los esclavos dijeron que ayer se cayó y se rompió un brazo. Que la encontraron inconsciente y abrazada de unos papeles mojados. Que vino el doctor Corcuera, que le puso un cabestrillo, y que sufre graves dolores.

Juana de Dios se da vuelta, con aire de sabionda le dice que ella ya sabe todo, que las chulupías le cuentan. Por eso no quiere hablar de Macarena, ni de María del Carmen, sino de ella, de Santusa. ¿Cómo es posible que una esclava se case con un español?, pregunta.

Santusa Nava ríe, no puede negarle nada a una pobre niña enferma que la ha elegido para ser la única persona con quien conversar.

Claro que sí, niña, si le distraen mis historias, qué más da. Yo tenía ya cuarenta años cuando Manuel Delgadillo y Garay llegó a Anahuaya aquel día de brisas calmadas y calurosas. Sin embargo, estaba tan ágil y joven como antaño servía en la casa de mis amos, cuando sus hijos eran mis amores y, para mí, amarlos era lo importante. Eso mismo debió haber percibido el Manuel, que vio en mí una gata mansa llena de amor.

Una noche después de que el amo hubiese acabado por enésima vez todos los vinos de su bodega al calor de la fiesta, Manuel vino a mi choza, con esas sus urgencias de marido de medianoche que no le dejaban en paz. Le paré en seco, había jurado por la ausencia de mi hija que ningún varón que no fuese mi legítimo esposo me tocaría siquiera. Usted es muy niña para saber de esas cosas, pero llegará un día en que tendrá que aprender.

Así que le dije, mire, señor Manuel, usted será el causante de un sacrilegio, pues esto se trataría de romper un juramento hecho al Señor nuestro Dios, imagine su castigo.

Él me miró muy serio y se fue diciéndome que, si era necesario, iba a retar hasta al mismo Dios. Me asusté, lo juro, niña mía, pero a la noche siguiente volvió a mi choza con un papel en mano. Como no sé leer, él lo leyó por mí, era una carta de libertad, en este caso, yo era la vendida por mi amo, por la cantidad de 500 pesos, al pie figuraba la rúbrica del notario. Ya era una mujer libre.

¡Mi destino cambiaba en un instante! Pero marcharme de allí era dejar al abandono a mis dos hijos, que si bien eran ya jovenzuelos, los perdería de vista, quizás para siempre. No estaba decidida a seguir perdiendo más hijos. Me puse fuerte, mire, señor Manuel, le dije, no me voy de aquí si no compra también a mis dos hijos, entre los tres serviremos mejor a su merced. Así que a Manuel no le quedó otra opción que hacer elaborar otro escrito con el notario y compró a mis dos hijos por 300 pesos.

Antes de marcharnos de Anahuaya, Manuel y yo nos casamos en la iglesia del pueblo. Los amos fueron los padrinos. Esa misma noche me lo contó todo, que su padre era un capitán español y su madre la digna hija de una criolla familia, lo que le permitía aprovechar de la bondad de los amigos de sus padres. Me reveló que era la oveja negra de su familia, que desde muy joven se había marchado de casa, pasándose la vida viajando y viviendo a salto de mata, y que hasta como un pirata había atracado navíos comerciales en alta mar, que tuvo muchísimas mujeres, y que hacía poco había estado en la cárcel por deudas impagas al conocido comerciante don Pedro de la Calancha. Que se había jugado aquel dinero en una taberna, que cual adolescente travieso, su padre, el capitán, tuvo que ir en su rescate, pagando una fianza del haz para librarlo de la vergüenza de la cárcel pública. Y por último, dijo que no tenía dónde caerse muerto, porque los únicos 800 pesos que le quedaban de sus operaciones comerciales en Río de la Plata los acababa de gastar por amor.

Nos marchamos de Anahuaya rumbo a otra vida, con equipajes ligeritos de quienes, por ser tan pobres, no tienen nada que llevar. Él y yo en aquel caballo caprichoso que levantaba polvo espeso a su paso, y mis dos hijitos por detrás, en una mula prestada y cansada a la que había que esperar.

Tardamos cuatro días en llegar. En la ciudad, nos instalamos

en un rincón medio inmundo de la gran casa solariega de mis suegros, que dicho sea de paso, se desbautizaron al conocer que su hijo
del alma se había casado con una mulata que fue esclava en la casa
de sus buenos amigos, y que encima traía a dos mocosos mulatos
que Manuel trataba con ternura. Pero él se les puso al frente, les
dijo que nos iríamos pronto y que tenía derecho de estar allí, que
por fin sentaría cabeza.

Manuel ganó la licitación del negocio vinculado a la sisa de carne de Castilla, así que por un tiempo ahorramos casi todo lo que
él ganaba y pudimos marcharnos hasta nuestra propia casa, que
aunque la habíamos comprado ya vieja y desmantelada, era nuestra. Quedaba por el hospital convento de San Juan de Dios, en los
arrabales de la ciudad, y pese a que el watanay pasaba por el medio
de mi patio, éramos felices allí, en parte porque las campanadas de
San Juan de Dios nos despertaban alegremente, y en parte porque
comenzábamos a hacer una vida inesperada, y que, sin embargo,
parecía que siempre la habíamos esperado.

Luego vinieron los hijos. En menos de tres años, le di dos hijos
a Manuel, un niño y una niña, a la que volví a llamar Agustina.

Mis suegros jamás me saludaron siquiera, pero hicieron a un
lado su orgullo y ayudaron a su hijo de distintas maneras: le dieron
dinero en efectivo, muebles y tres esclavos bozales. Ahora yo pasaba
a ser dueña de esclavos, qué cosas que tiene la vida.

Y entre mis ocupaciones de señora y de madre, se me ocurrió
que pasando la quebrada por en medio de la casa, había que apro-
vecharla de alguna manera. Un día se cayeron varias tejas de la
casa, que era un vejestorio, y las goteras formaban lagunas adentro,
donde mis niños chapaleaban. Casi por casualidad, se me ocurrió
recoger arcilla de los cerros cercanos de Aranjuez, mezclarla con el
agua del watanay, luego cocerla al horno, fabricando así una suerte
de masa que fuera una solución al problema de las goteras.

Con el tiempo, instalamos una fábrica de tejas para los techos de la
villa. Al principio fue solo para los más allegados, pero, poco a poco,

la gente nos fue contratando, porque nuestro producto era bueno.

La empresa era nuestra, la manejábamos el Manuel y yo, trabajando hombro a hombro. De madrugadita, los esclavos se iban con las mulas caminando hacia los cerros de Aranjuez, recogían la leña y la laja, la tierra colorada que después llevarían a la casa para elaborar con las fórmulas secretas una mezcla que solo mi marido y yo, con el tiempo, habíamos dominado. Luego, a cocerla debajo en el gran horno a leña que construimos. El resultado eran unas tejas fuertes y duras, pero lo que más me fascinaba era el color, porque era un anaranjado idéntico al de los arco iris inmediatos a las lluvias veraniegas de noviembre.

Despachábamos cargas y cargas de mula de tejas, nos faltaban manos y nos faltaban mulas. Una vez nos contrataron para la restauración de los techos del palacio de un edificio de la justicia real, la Real Audiencia. Fue nuestra mejor obra, porque el palacio quedó tan hermoso, que el Manuel decía que solo había visto esas casas tan elegantes en los dibujos de los libros que venían de España.

Mi vida se volvió buena. Por dieciséis años estuve casada con mi Manuel, aunque usted sabe que esta ciudad era y sigue siendo muy selectiva y exigente en todo, ser menos que criollo es casi un pecado, así que, aunque la gente "bien" no nos aceptó y jamás nos invitaron a sus bailes y banquetes, tuvimos una gran vida juntos, porque mi marido renunció a su parentela y a sus amigos.

Luego vino la peste del sarampión, Manuel se murió, pero feliz, lo juro, porque nos dejaba realengos. Sin nada que deber a nadie. Yo también enfermé, pero me salvó la oración a mi Cristo dibujado a pluma de la estampita que madre me heredó. Después de la muerte de mi Manuel, me dediqué a los enfermitos como usted, en agradecimiento a mi Cristo que me salvó, y cumpliendo así el deseo de madre: servir a Dios.

Con mi Manuel no fuimos ricos, tampoco pobres, fuimos felices, que es diferente. La gente del barrio nos puso el mote de El descosido y su remendada, o sea yo.

Juana de Dios de Gil ríe. Y las indias qué dijeron, cuestiona. Santusa Nava no se hace lío en contestar: antes de partir de Anahuaya hacia mi nueva vida, las indias sabias de la ranchería dijeron que volar libre como las palomas era lo más importante en la vida.

OCHENTA

Mis cartas han desaparecido. Y yo que pensaba que iba a morirme de una buena vez al lanzarme del segundo piso, pero aquí estoy, viva, paseando, bajo la lluvia ligerita, pateando las piedrecillas de la huerta, y con el dolor del brazo roto y prisionero por el cabestrillo que me puso el doctor Corcuera.

Qué voy a hacer sin mis cartas. Cuando desperté en mi lecho, tu cínica esclava Sacramento dijo que no había carta alguna en el patio ni en ningún otro lado.

Y ahora el dolor del hueso rajado, sumado a este dolor inmenso de perder mis cartas. Ya sé que vos dirías que esas cartas son tuyas, pero es mentira, es una más de tus mentiras disfrazadas con un traje de verdad. Yo las leí una y otra vez.

Yo las rocé. Yo las viví, las desgasté de tanto amarlas.

¿Será mi destino perderlas? Dónde están mis cartas.

OCHENTA Y UNO

Vas directamente a tu aposento privado, porque a estas interminables horas de la noche no te animas a sentarte en tu despacho, ante la mirada aguda y santa del arzobispo San Alberto, pues siempre has tenido la impresión de que va a reprenderte en cualquier súbito instante.

Tampoco te quedarías al lado de Juan Antonio, allí en la mesa larga de tus espantos, mientras él cree que le escuchas, pero es tan brutal tu bullicio interior, que no puedes escuchar nada más que esa fiesta diabólica de cohetillos de tu alma.

Tropezando con la silla, te levantaste sin limpiarte la boca siquiera, sin tomar el vino, dejando inertes en aquel aire de hielo las cuidadas sílabas de Juan Antonio.

Y como pensaste, al llegar a tu aposento te lavaste las manos en la jofaina, te pasaste la palma mojada por la cabeza y sentándote sobre tu lujosa cuja con dosel de terciopelo, lloraste como hace poco en la hacienda de Cayara, como un niño arrepentido ante el pájaro que acaba de matar de un flechazo.

OCHENTA Y DOS

Niña, me siento un poco malita, debo marcharme, ya vendré a visitarla para su santo.

O para mi entierro, sugiere Juana de Dios de Gil a Santusa Nava, quien se queda mirándola muy seriamente, pero no tarda en argumentar que ya está sana, que sus pulmones y huesos ya están bien, que las ampollas de sus pies ya están cicatrizadas y que si no le dan los malos aires, no tiene por qué morirse.

¿Y qué hacemos con las dolencias del corazón, Santusa, mi buena samaritana?, que aunque parece que puedes con todas las preguntas de la tierra, dime si puedes, dime si puedes con esta.

OCHENTA Y TRES

Y la soledad volvió, llena de preguntas.

Ya se olvidaron de nosotras en esta ciudad cundida por la lluvia primaveral y la epidemia. Desde hace cuatro días Santusa no volvió, ¿dónde estás, Santusa?

Sé que el padre Antonio del Risco y Agorreta está viejo y despistado, porque el otro día se agarró el dedo en la puerta, pero no es motivo suficiente para no regresar, ¿dónde está, padre Antonio?

¿Qué me has hecho, hermana mía, que tu delirio me duele más que el brazo roto?

¿Qué me has hecho, que ni siquiera tengo la menor intención de leer mis libros apilados que me esperan en el estudio de papá como almas encadenadas a suplicio, deseando que los lea para librarlos de su eterna prisión de letras enmudecidas?

Y a ratos, solo puedo pensar en las cartas. ¿Por qué he sido tan descuidada?, ¿por qué no vuelven a mí?, ¿dónde estás, Ángel Mariano de Toro, que no vuelves a casa?, ¿por qué tomas tan a pecho mis palabras, si sabes que todo lo que te decía era mentira? Si me preguntabas por mi hermana, te decía que estaba enferma de muerte, y cuando querías entrar a la fuerza, te decía que inmediatamente soltaba a toda una jauría de perros enfurecidos que nunca tuvimos. Si trepabas por el balcón, te quitaba violentamente las flores blancas que traías para ella, y cuando me preguntabas si había entregado tus cartas, yo te decía que sí, pero que a mi hermana le faltaban las fuerzas para leerlas, y que estaban puestas en su cabecera.

Mentira. Nunca estuvieron en tu cabecera hermana mía, estaban conmigo, en el despacho de papá, siendo leídas y releídas. Por eso podría reescribir tus cartas de memoria. Mejor dicho, mis cartas, porque son mías, casi muero por culpa de ellas, y eso no es justo.

171

OCHENTA Y CUATRO

En el hall de tu casa parroquial, tu reloj inglés de cuatro tocatas ha dado la hora en punto. Tus pasos son indecisos, son pasos arrastrados de un viejo que mal ha envejecido.

Cuánta diferencia puede haber entre una cosa y otra. El reloj sabe perfectamente lo que tiene que hacer, vos no.

Te quedas pensando en nada, porque te has levantado a medianoche para orinar en tu bacinilla de plata, a la vez que ociosamente mesas tus pocos e hirsutos cabellos blancos. Tomás I o Génesis acaba de llegar después de ejecutar sus aventuras callejeras de amor. Te ha pescado orinando, o será que vos le pescaste a él infraganti, con los resquicios perfumados de alguna mujer que acaba de estar entre sus brazos. Pero, en este momento, no te importa, solo lo que te informa: que Juan Antonio se fue después de la cena, dónde, no sabe.

Entonces piensas en cuánta falta te hace tu tío Mateo, que fue como tu padre. Si te viera ahora en estos trances, solucionaría todo con su efectividad de comandante de ejército, te haría vestirte de un buen fustazo, daría órdenes a los esclavos, qué carajo, que alisten el coche de caballos, tu mancerina, las provisiones para un viaje de tres días, que no se olviden de las llaves, que te lleven lejos de esta casa resguardada por la mirada al óleo de un Arzobispo que ya es insoportable, porque todo lo sabe de la cotidianidad de tu casa, que más parece suya que tuya. Que te salves de la tenebrosa ternura de un hijo que nunca fue tu hijo. Que te salves de un reloj extranjero de invariable péndulo que comienza a parecer más sabio que vos.

Que antes de morir te lleven a la ciudad cortesana de la sede de la Real Audiencia de los Charcas, donde tienes retrasados los trámites justicieros de María, tu prima.

Que antes de morir, vuelvas a ver a Juan Antonio.

OCHENTA Y CINCO

Antes de que muriesen las niñas, la vida era intensamente otra. Al quedar huérfanas, nuestro tutor nos cuidó mucho, y Juana de Dios, mi hermana mayor, se convirtió en matriarca a los trece años de edad. Es duro reconocerlo, pero ni siquiera la muerte de nuestros padres nos languideció tanto como esta peste maldita, como esta tórrida lluvia sin tregua. Antes de la peste, recuerdo que en nuestros veraneos en la hacienda de Pitantora jugábamos a la tula, y después quedábamos tan exhaustas que nos íbamos a la cama, y antes de dormir cantábamos, a modo de canción de cuna, esa larga cancioncilla que decía Mambrú se fue a la guerra, qué dolor, qué dolor, qué pena, Mambrú se fue a la guerra, quizás nunca vendrá, ajajá, ajajá, quizás nunca vendrá.

Por eso, como en la canción, mi hermana Juana de Dios se aferraba a la esperanza de que un día todo mejoraría y que las niñas crecerían, y entonces Ángel Mariano de Toro volvería para casarse contigo en algún momento dado del año, tal como Mambrú, de quien decían que vendrá para la pascua, chibirrín, chibirrín chin chin, vendrá para la pascua o para Trinidad, ajajá, ajajá, o para Trinidad.

Y encuentro que ahora todas las cosas guardan un dejo a trampa, a secreto. Hay secretos que están aquí mismo rondándome, rondándome y, sin embargo, tan lejos que no puedo murmurarlos siquiera por su escabrosidad, porque me dan miedo. Cuánto quisiera contar con esa tu difícil esperanza de retorno, hermana mía, y sin embargo, solo puedo recordar la última estrofa de aquella tonta cancioncilla que decía que Mambrú ha muerto en guerra, chibirrín, chibirrín qué pena, Mambrú ha muerto en guerra y por eso no volverá, ajajá, ajajá.

OCHENTA Y SEIS

Mientras viajabas mirabas el camino y, sin darte cuenta, casi como traicionándote a vos mismo, te quedaste dormido. Despertaste sin recordar exactamente cuál fue ese crítico momento en que el sueño te venció después de tantas noches sin dormir por causa de este sostenido mea culpa, que es tuyo desde que tienes uso de razón.

Soñaste que viajabas con tus dos esclavos y tu mozo Nicolás Montero, pero no era un sueño, sino la realidad de un viaje que podía no tener retorno. Cuando despiertas, tu coche está inundado por el sol del amanecer, el aire de mayo es helado y una escarcha tenue cae sobre los árboles, montañas de piedra gris y doradas pampas de trigo.

Con un lento ademán, buscas tu reloj de bolsillo. Son las seis, pronto has de llegar.

Cuando llegues a la villa, tal vez estén doblando las campanas de San Lázaro, las de San Agustín, las de los predicadores de Santo Domingo, que es la que más cerca te queda de casa. Antes, cuando vivías aquí, eras adicto a Santo Domingo, todos los curas eran tus amigos, ahora ya no conoces a esos jovenzuelos.

Cuando llegues, sabrás que nadie te está esperando. Solo tu desierta casona ubicada en la subida de la calle inmediata a la Real Audiencia. Sus aposentos húmedos y cerrados contra sí mismos, los muebles tapados por blancas sábanas, aterciopeladas por la fina capa de polvo que las recubre, los tijerales caídos, los viejos tumbados de tela colgante, roídos, habitados por voladores huéspedes, como t'aparakus y murciélagos, las gruesas cañahuecas del techo como un tierno hogar de vinchucas. Si tu madre viera este desastre, volvería a morirse del susto.

Te hiciste de esta casa hace unos diez o quince años, ya no recuerdas cuándo ni cómo, solo que se te presentó una buena oportunidad y, ¡cataplum!, la compraste. Has pensado qué será de la suerte de esta casa, por eso la dejaste a cuidado de tu albacea, tu amigo el padre José de Rivera, que de salud está mejor que vos. Por lo menos él no sufre de estas arremetidas de mea culpa, aunque, sin pelos en la lengua, te ha confesado que él, como vos, se ha acogido al albaceazgo de su amigo de confianza, el doctor Manuel de Gil, rector de la Universidad.

La casa está como hace años la dejaste. Es casi inhabitable con esos montones de animales que debes confesar, no te desagradan del todo. Pero no te importa arreglar la casa ni nada, ni siquiera reparar el aposento donde dormirás.

Eres rebelde. No quieres recordar a tu madre limpiando y reparándolo todo, provocando un desbarajuste peor que el que trataba de componer.

Eres rebelde. No quieres hacer lo que ella te haría hacer.

Tu esclavo Tomás I o Génesis se ha ofrecido para oficiar de albañil, pero, además de rebelde, eres desidioso por excelencia; no, le has dicho, déjame descansar. Y te has quedado solo en tu alcoba, pensando en la inmortalidad del cangrejo.

Con tu manga has desempolvado tu cómoda, donde yace como si nada tu crucifijo con sus cartoneras y su Inri de plata potosina, con una quietud conmovedora y apremiante. Quitaste la sábana blanca que tapaba la cama: un nido de polillas coexistirá contigo y tus sueños.

Tu fiel esclavo interrumpe, te ofrece algo caliente de tomar. Pero le dices que no, no quieres nada que no sea un pretexto para dejar de hacer las cosas, para dejar de existir.

OCHENTA Y SIETE

¿Ves hermana que tengo razón cuando digo que la soledad volvió a instalarse en la casa?

El padre Antonio del Risco y Agorreta vino anoche a despedirse, se marcha a su hacienda de Caraparí hasta que pase la peste. Quiso llevarnos consigo, pero creo que nuestro destino está echado, y aunque insistió mucho, le dije que no, porque tuve la rara sensación de que nunca le volveríamos a ver.

En la madrugada, mientras tomaba agua, reponiéndome del susto de una pesadilla, tropecé con tu esclava Sacramento en la cocina. Llorando, venía del velorio de la comadre Santusa, que murió ayer de la peste. Dijo que la fiebre ardiente la llevó apenas en horas hasta la muerte, que la entierran hoy en el camposanto del hospital San Juan de Dios, a las espaldas de la que fue su casa.

Con razón soñé que la penumbra de una noche de luna creciente dibujaba mi sombra en una pilastra de piedra, como solo puede hacerlo una enemiga íntima. Me hallaba de pie en la puerta del Sarmental de la catedral de Burgos, donde está enterrado don Roderico de Vivar, el Cid campeador, mirando la magnífica iglesia dedicada a la Virgen María desde el siglo XIII por el rey Fernando III, El Santo, que como yo, habrá admirado atónitamente los perfectos rosetones y las agujas góticas que se elevan hasta el cielo anhelando alcanzar a Dios en un vano y frenético esfuerzo.

En mi sueño, esas fueron las palabras del Cid, que lentamente se levantaba del sueño de su tumba de mármol.

OCHENTA Y OCHO

Hoy, sábado, evadiendo los cerdos y la mala hierba que ha crecido desordenadamente en el patio empedrado de tu descuidada casa, sales hacia la calle en compañía de tu esclavo, quien lleva un cartapacio debajo del brazo con todos los papeles del caso de tu prima María.

Caminas de memoria, con tus pasitos desamparados, y te diriges primeramente hacia la calle de la Carnicería, a la casa de tu amigo Juan José de Segovia, abogado de esta Real Audiencia, célebre por su brillante cátedra de Prima de Sagrados cánones en el colegio de San Juan Bautista, así como en la Universidad, y por los exitosos casos legales llevados a cabo no solo en estos lares, sino hasta en España.

Aun con todo el maremágnum de emociones que llevas dentro por la reciente visita de Juan Antonio y por tantos y tantos recuerdos, reservas un margen de criterio para esta misión que María reclama desde el más allá. Tu penúltima misión, piensas, porque la última tiene que ver con Juan Antonio.

Con su oscuro perro Medianoche echado a sus pies, tu amigo Segovia ha leído atentamente las escrituras, frunciendo el ceño a ratos, alejando y acercando su lupa con decididos movimientos de abogado. Mientras él se concentra en la lectura, recorres su casa con la vista. Es tan distinta a la tuya, tan cuidada, tan limpia, tan elegante. Pero cómo se nota la mano de una mujer.

Tu amigo es cuñado del padre Antonio del Risco y Agorreta, pues está casado con doña Manuela Antonia del Risco y Agorreta, encumbrada dama de la sociedad con la que ha procreado seis niños que, precisamente, están jugando allí afuera en el jardín, al cuidado de las esclavas. Sus pequeñas risas te ponen un poco nervioso. Qué bonita familia, pronuncias en forma de falaz felicitación.

Sus cojines bermellón le dan un toque de distinción a su estudio, juzgas. Asimismo, su colección de monedas de todo el mundo, acomodadas en una caja vidriera cerca de la ventana que da al patio, a través de la cual entra a borbotones la luz de la mañana. Ni en la Casa de Moneda has visto tantas monedas, pero no quieres preguntarle nada, porque, conociendo a tu amigo, te atajará en su casa hasta explicarte la historia de la última pieza de su colección. Y ya no estás para eso.

Sus óleos de la pasión de Cristo, pintados con recargado pincel de realismo atormentado de anónimos pintores. No quieres mirar mucho, porque esas pinturas parecen dolerte en el fondo de las retinas.

Su archivo de siete baúles llenos de papeles te da curiosidad. Te explica que son expedientes de todos los casos que llevó. Es meticuloso.

El cuadrito con la curiosa palabra "interioria" te hace pensar en los francmasones, pero hoy no tienes tiempo de hablar de esas cosas. Además, ni siquiera te importa, si es masón, que lo sea.

Cuando estás fijándote en la pulcritud de su magnífico escritorio taraceado con aplicaciones de marfil, tu amigo acaba su lectura, carraspea y comienza a jugar nerviosamente con su anillo matrimonial, que se lo saca y se lo pone a cada instante. Parece nervioso, pero más nervioso estás vos por la extrema perfección de la cotidianidad de esa casa.

Mire, estimado padre, hay que reabrir el caso, indica lapidario, sabe usted que pasaron casi veinticinco años.

Pero vos no entiendes mucho, estás acostumbrado a tratar casos de tu juzgado sinodal, donde las cosas son distintas. Juzgas a hombres de Dios, nunca a civiles.

La casa de mi prima María está habitada por gente extraña, y soy yo su heredero ab intestato, replicas medio asustado. Mire usted, que hasta sus propias joyas fueron usadas por esas dos sinvergüenzas mujeres de apellido Correa.

Lo comprendo, estimado padre, dice asintiendo Segovia, pero en las leyes sucede lo mismo que con el amor: las cosas cambian. Te quedas pensando, nunca habías escuchado tal cosa. Él elabora entonces una cuartilla con apuntes que no quiere olvidar, como que el lunes a primera hora debe dar una y otra orden más a algún subalterno para reabrir el caso ya fenecido, para favorecerte después de todo y, así, dejar en paz tu conciencia y el alma inquieta de María.

Te advierte que irás a juicio, que este durará un tiempo, que tienes grandes posibilidades de ganar por el testimonio de las dos esclavas que están vivas y jamás cambiaron su versión, pero las de perder también.

Sigues piensa y piensa, aunque ya no en el juicio que se te viene, sino en el pesado rumor de jazmines que golpeó el aire al cruzar el patio. Con la cadena de Medianoche en su mano derecha y la izquierda sosteniendo su quitasol carmesí, Segovia te acompaña hasta la puerta de calle para despedirte risueñamente con sus maneras más finas.

Reflexionas que en esta vida nada es lo que parece. Su matrimonio no es tan perfecto como se ve, pues él se casó recién a los cincuenta años, como para no morir en soledad, y ella, tan recatadita, pero carga con la vergüenza de los hombres de su familia, que, aunque se las dan de decentes, tienen hijos naturales regados hasta en la China. También sabes que esos seis niños reilones no son los únicos que tiene Segovia, pues tiene más, pero dicen que a su esposa se le quiere olvidar el detalle.

Pobre tu amigo. Tal vez por eso hace uso del cilicio mortificador que le hace sangrar el cuerpo, así como el fuste de los caballos, en rígidas autopenitencias. Por eso se ve tan pálido, porque casi siempre está conteniendo el dolor que él disfraza con sofisticadas emociones.

Sí, el tiempo puede cambiar el amor y las leyes también. Pero los abogados mienten, porque como tu padre, no entienden nada de amor.

OCHENTA Y NUEVE

Yo sé que nunca me crees nada de lo que te digo, nada de nada.

Por eso, acompañada de tus sirvientes, te levantaste de cama, te vestiste de negro como por si acaso y, haciendo esperar a tu locura, saliste de la casa, después de varias semanas de clausura, para ir a ver por vos misma que la comadre Santusa está tan irremediablemente muerta de peste como nuestras niñas.

La ausencia de tu cuerpo se nota en la casa. Es como si el arrebato se esfumara en el aire con un chasquido de dedos, así, ¡abracadabra!, como un intempestivo y eficaz acto de magia. Tal vez si me quedara sola para siempre, te extrañaría nada, o tal vez me moriría sin vos.

Mis cartas. Me opongo a que mi destino sea perderlas. Por eso, aprovechando que estoy sola aquí en nuestra inmensa casa, emprendo una pesquisa impensada en pos de mis cartas. Daría mi cabeza que eres vos la que las tienes en tu poder, o tal vez la negra Sacramento.

Sin resultado, busco debajo de los muebles, en los arcones y hasta debajo de tu colchón. En la huerta, me trepo a nuestro árbol favorito, en cuya pequeña cueva escondíamos nuestros tesoros de las hadas malvadas de los bosques, según nuestros imaginarios e infantiles juegos. Recuerdo que allí guardábamos los dedales de plata y los mechones de pelo que mamá nos recortaba a propósito en cada luna creciente, para que crecieran vertiginosamente.

Pero nada, no hay nada, solo los olvidados mechones de nuestras niñas muertas, pues ellas heredaron el juego.

En el traspatio de los esclavos, reconozco el cuarto de la Sacramento y de su marido, Pablo Congo, aunque él duerme solo allí, con eso de que la negra no se despega del lado mi hermana. Tengo que hacerme campo entre el correteo de sus gallinas espantadas para no pisar sus excrementos, hurgar todas sus ropas y otras porquerías, recorrer su lecho, pero nada.

Y recorro el cuarto de nuestros indios Dámaso Huayra y Renata Piedra, donde solo veo una covacha tendida con phullus, dos platos de latón encima de una mesa, residuos de comida y de coca masticada, sus pocas ropas, sus pocas pertenencias. No hay rastro de mis cartas.

Después de dejar todo como estaba en las dependencias de la servidumbre, vi que nuestros fantasmas familiares atravesaban el patio y hasta paseaban por la huerta, así que me apresuré y corrí al despacho de papá, que ahora es solo mío y, encerrándome con pestillo, me puse a leer a Garcilazo de la Vega, vagando en los corredores de la intrincada historia general del Perú, pero la lectura no me entraba, porque pensaba que las cartas no podían desaparecer como hoy desapareció el ámbito de arrebato que has impregnado a esta casa por un acto de robo, y no mágico, precisamente.

Volviste hacia la una de la tarde, como una reina seguida de sus súbditos. A tu derecha, Sacramento, que te guarecía de la llovizna con un paraguas, Pablo Congo a la izquierda, y por detrás, los dos indios de servicio. Tu oscura vestimenta te hacía ver más blanca de lo que en realidad eres, pero lo que más me impresionó fue esa tu aura de certidumbre innata acerca de la muerte, que es tan parecida a tu delirio. ¿Ves, hermana mía, que la comadre está muerta y que yo no te mentía?

Me encontraron sentada a la mesa desierta, con los cubiertos en mano, esperando que alguien me sirviera la comida que nunca llegaba, porque nadie pensó en cocinar hoy día.

Hace un rato la casa estaba tan solitaria que solo escuchaba el graznido de tus chulupías, trinando como de hambre, ya extrañándote.

NOVENTA

No sabes cuánto tiempo tendrás que quedarte en la villa, tal vez unas cuantas semanas. No vale la pena ir y venir, estás decrépito para el afán del viaje, así que tendrás que quedarte de una buena vez. Quién te dice si mueres en medio camino.

Estás afanado y cansado, son muchos los traspiés con los papeleos, ir y venir, dejar, llevar, firmar aquí, allá y acullá. Pero por fin has decidido algo importante: no te vas a dar tregua, vas a ir hasta el final, porque con las últimas oportunidades no se juega.

Lo dices porque el cardumen diario de recuerdos que se te viene encima es como un acto premonitorio de tu propia muerte. No puede ser, te acuerdas de cosas que ocurrieron hace cuarenta años, y hasta de eventos familiares que te narraron y que sucedieron en el siglo XVI. Y todo eso conlleva un eco de invocación al mortal bullicio que de continuo se te va formando en el alma como un enredado ovillo de lana del cual has perdido la punta.

Pese a esos impases, por el momento todo va bien aquí en la corte. Mientras los abogados afilan sus intrincadas armas legales y se protegen con el yelmo de la razón, pese a que no has encontrado valor ni sentido para emprender la compostura de tu desastrosa casa, has encontrado a viejos amigos. Visitas a tu amiga doña Joaquina de Urtisverea, asistes a uno o dos de sus banquetes, así como al acto de posesión de rector del Colegio de San Juan del presbítero Fabro y Palacios, a quien tanto querías felicitar. Le contaste de tu juicio, te prometió tomar cartas en el asunto.

En un par de actos sociales, coincides con tu amigo Segovia, que es tan respetado en la ciudad, pues todos hacen caso de lo que él dice. Si dice blanco, es blanco, si dice negro, negro.

No por nada en España le nombraron Oidor de la Audiencia de La Plata. Gracias a Dios que es tu amigo, por eso el juicio contra

las Correa está tomando este giro tan vertiginoso, y dicen que ellas están muertas de miedo.

NOVENTA Y UNO

Cada habitación está poblada por alguien. Alguien que se quedó, alguien que se fue, que emprendió un largo viaje, alguien a quien le dio la gana de morirse o murió sin querer, o alguien que, como vos, hermana mía, está sin estar.

Tu aposento es una caja cuadrada que guarda el aire enrarecido por tu delirio, y las perlas acuáticas de tus lágrimas sobre la almohada. Tu lecho de sábanas con encaje y colchas de vicuña que acarician tus pensamientos, tu colchón de plumas que no esconde ni alberga ninguna de las palabras de tus cartas, o mejor dicho, de las mías.

Tu ventana abierta por la que miras como acogiéndote al consuelo de la remota oportunidad de conseguir, un día, unas botas de siete leguas que te permitan traspasar aquellas montañas azules de tu esperanza. Si para papá España era la camisa blanca de su esperanza, para vos lo son las tierras detrás de aquella cadena azulada de montañas.

Tu crucifijo, la virgen dolorosa en bulto, como testigos de cada uno de tus episodios de locura.

Desde que volviste del entierro de la comadre Santusa, estás más callada que nunca. Tus pastas de santos en bulto, como testigos de tus silencios, también.

NOVENTA Y DOS

Antes de preparar tu desayuno, Tomás I o Génesis estaba ocupado poniendo pedacitos de queso en las tramperas ratoneras cuando
tocaron a la puerta principal. Eran las Correa, acompañadas de un
abogado de apellido Peñaranda, marido de una de ellas, de la más
vieja y gorda, a quien la gente le había puesto el mote de "la doble
cama", porque se decía que necesitaba una cama por demás ancha
para no caerse por ambos extremos.

La otra, menos vieja, pero esquelética, se veía exageradamente
ataviada con joyas que exaltaban la estructura ósea de su cuello y
muñecas. Estaba en los puros huesos y, por golpe de ingenio, ese
era su apodo: "doña Huesos".

El esclavo supo lo que tenía que hacer; aunque trastabillándose
con las palabras, no por no saber qué argumentar, sino por el susto
de ver a esa rara gente, dijo que estabas delicado, descansando en
tu dormitorio, ante tu propia orden de no dejar entrar a nadie que
no fuere de tu confianza, mucho menos a esas sinvergüenzas, que
es tu palabra usada cuando te refieres a estas pobres señoras, aunque vos dices que de pobres no tienen nada, porque se quedaron
con la casa, la costosa ropa y las recias joyas de María. Pero en esta
ocasión, ellas dijeron que te esperarían y que no se moverían de tu
puerta hasta que tuvieras la amabilidad de salir, y que si no salías
hoy, saldrías mañana, y que si no salías mañana, saldrías pasado
mañana, y que volverían y que volverían hasta encontrarte, y que si
fuere necesario, pedirían la intercesión del Arzobispo en ese juicio
sin misericordia en el cual les habías metido.

Pues que pidan la intercesión de San Judas Tadeo, patrón de
los casos imposibles, dijiste riendo con sorna, porque no me con-
vencerán de hacerlas dueñas de una casa sagrada y familiar que el
alma inquieta de María reclama desde los campos floridos y de las

orillas dulces de los ríos de leche y miel de la tierra prometida del más allá.

Tu esclavo sonrió, pocas veces en tu pobre vida te vio tan seguro de decir algo.

NOVENTA Y TRES

Cada habitación está poblada por alguien. Alguien que se quedó, alguien que se fue, que emprendió un largo viaje, alguien a quien se le dio la gana de morirse o murió sin querer, o alguien que, como vos, hermana mía, está sin estar.

Mi dormitorio parece un despacho de hombre viejo y estudioso, pilas de libros en el alféizar de la ventana, pilas de libros en derredor de la cama, como sabios arcángeles guardianes, libros y más libros, y los santos de tamaño natural con ademanes indecisos y lánguidos como si fueran a dar un paso que no se animan a dar. Si no fuera un sacrilegio, habría echado las mudas estatuas a alguna fogata de San Juan, no tanto por ser estatuas, sino por ser testigos de tantas pesadillas de las que he despertado gritando.

Como anoche, cuando desperté gritando porque en mi sueño una cascada vengativa de la sangre de César me perseguía en una calle polvorienta y ardiente de la pagana Roma, susurrándome que morir a manos de los amigos que son como hermanos es la única batalla que no se puede perder.

NOVENTA Y CUATRO

Y tienes urgencia de comunicarte con tu amigo Segovia, de preguntarle cómo van las tramas legales que para él son pan de cada día, aunque para vos son tu última oportunidad de liberarte de tu diabólica desidia. Pero el acoso de las Correa no te ha dejado salir de casa en los últimos tres días, así que has enviado mensajes con Tomás I o Génesis, pero hay cosas que solo pueden conversarse en persona.

De modo que hoy, viernes, decides salir a las siete de la mañana, ya que el fin de semana no sabrás qué diablos hacer de preocupación. Acompañado de tu esclavo, te cubres la cabeza con la capucha de tu oscura ruana y cruzas la calle, temeroso. Tomás I o Génesis se da vuelta a cada rato, preguntas si no hay moros en la costa, él contesta que no.

Cuando doblas la esquina hacia la Real Audiencia, te sientes casi a salvo porque estás pronto a llegar y comienzas a respirar profundamente, recuperando el aliento, pero un tirón a la manga de tu sotana te hace voltear y encontrarte con los centelleantes ojos del abogado Peñaranda, que abordándote te restriega en la cara que ha interpuesto un recurso legal de defensa contra vos, que eres un cura tacaño, y que dejar en la calle a dos mujeres indefensas es un pecado contra el cielo y contra Dios.

No respondes nada, eres todo un señor, no puedes rebajarte discutiendo con él. El abogado Peñaranda cruza la calle y se aleja envuelto en su aura de grises entramados legalistas, mientras piensas que, si en algo tiene razón, es que eres un hijo pródigo; él también pecó contra el cielo y contra Dios.

NOVENTA Y CINCO

Cada habitación está poblada por alguien. Alguien que se quedó, alguien que se fue, que emprendió un largo viaje, alguien a quien se le dio la gana de morirse o murió sin querer, o alguien que, como vos, hermana mía, está sin estar.

Hoy he espiado a través de la ranura de la puerta cerrada del dormitorio de las niñas. Está impregnado de ellas, tanto así, que desde que murieron y ordenaste que se cerrara con candado, nunca más se abrió por el temor de que la presencia profunda de sus cosas nos asesine, así como la enfermedad se llevó sus breves vidas. Recuerdo sus pequeñas cujas con doseles de seda color de rosa, y los cortinajes de las ventanas hechas de terciopelo europeo, impreso con flores de pétalos delicados de color pastel, mientras que la imagen del Niño de Praga, sosteniendo el mundo entre sus manecitas, reposaba en una cómoda con jaladores de plata, como resguardándolas en su agonía.

Vi su casita de muñecas en el candoroso orden que consistía en poner las más grandes en el piso de arriba y las más pequeñas en el de abajo. Así que las de porcelana estaban arriba, gobernando como soberanas del país de Pulgarcito y de la Bella Durmiente, mientras que las muñecas de trapo vestidas de terciopelo que nuestro padre trajo de Lima, estarían hoy reinando abajo, sino las hubiéramos echado al fuego en el escalofriante afán de no contraer el contagio.

El caballito de madera, tirado patas arriba en un rincón de olvido, y la mesita del té, que heredaron de nosotras las mayores, convertida en frío mesón de hospital. Aunque se quemaron los pomos de mercurio cromo y las gasas de curar llagas, percibo que el ámbito de hospital no se ha marchado, cual huésped non grato.

Las muñecas de rizos dorados gobernando todo vestigio del reino de juguete, mirando a la puerta con sus azules ojos de vidrio,

189

parecidos a los de mis santos, como si en cualquier instante fuera a aparecer la niña de instinto tan maternal que las librará de semejante soledad.

Aunque se quemaron los colchones, la ropa de cama y las toallas que secaron sus sudores, los muebles aún están allí, como solitarios y solemnes, en una espera sin fin.

NOVENTA Y SEIS

Hay cosas que a tus años representan un alcance mayor del que le daría un joven. Como el encontronazo con ese barato abogado Peñaranda. Eres un pobre cura viejo que se asustó ante la presencia de un hombre más joven y más tramposo que vos, porque se atreve a usar las sagradas escrituras para acusarte.

Como un síncope, ha aturdido tu respiración y no puedes hablar mucho. Una vez en el despacho de Oidor de la Real Audiencia de tu amigo Juan José Segovia, tu esclavo narra el incidente con Peñaranda sin omitir detalle. Habiendo escuchado a tu esclavo y leído atentamente la representación de Peñaranda, Segovia va moviendo la cabeza repetidas veces, de un lado para otro, en señal de reprobación.

Aunque estás atrapado en tu sopor, tienes lucidez para saber que los alegatos de Peñaranda son como las trampas de ratones que Tomás I o Génesis coloca en tu desmantelada casa, como la madriguera de telarañas que columpian de los tumbadillos, percudidos por las goteras de las lluvias que han dibujado animales monstruosos de agua.

Hecha la ley, hecha la trampa, pronuncia tu amigo Segovia, sonriendo descreído ante tanta retórica de infamia, como si él no se valiera de las mismas componendas. Pero en este momento, no te importa, solo quieres que el alma atribulada de María descanse en paz en los prados celestiales, solo quieres ver a Peñaranda tras las rejas, y a las Correa y sus cochinos animales, en la calle.

Mientras ordenas a tu esclavo que deje de abanicarte, porque te parece que las ideas se te marchan con el aire, Segovia firma y rubrica un extenso documento que tendrá que ser recibido hoy mismo por las Correa, a riesgo de ser apresadas si no firman su recepción.

Si Peñaranda tiene animalescos recursos legales, pues son de juguete, comparados con los de tu amigo Segovia, que ha recorrido

España y buena parte de la América llevando a cabo brillantes tareas de jurisprudencia.

Por eso, aun sin preguntárselo, ya que se sabe poseedor de tu confianza, estás seguro de que lo que acaba de firmar es una escritura decisiva.

Sí, esa gentuza pagará el precio de interferir con la paz de un alma bondadosa como la de María. Pero no era preciso llegar a estos extremos, recuerdas que si actuabas a tiempo, nunca nadie se habría adueñado de las posesiones de tu prima.

En cambio vos, con tu espantosa actitud de nomeimportismo, has actuado a destiempo. Vos siempre has vivido en el destiempo. Has sido un esclavo del destiempo, como hoy, que sientes que hasta el aire que entra a formar parte de los vericuetos de tu respiración es extemporáneo. Y no quieres que así sea, que Dios en su infinita misericordia te dé un poco más de vida, porque solo te falta una cosa para morir en paz.

NOVENTA Y SIETE

Cada habitación está poblada por alguien. Alguien que se quedó, alguien que se fue, que emprendió un largo viaje, alguien a quien le dio la gana de morirse o murió sin querer, o alguien que, como vos, hermana mía, está sin estar.

Del aposento de nuestros padres quisiera no decir mucho, solo que ni el lienzo colgado de San Pedro Alcántara impide que los muertos vivan y salgan a deambular. El cuarto está trastornado por el espiral de sus recuerdos en forma de sombras vagabundas, que perviven penando a pesar de sus muertes, y del nacimiento de la pequeña Macarena, precisamente en ese cuarto. Lo digo porque en los momentos más densos de mis insomnios, los veo a los tres cruzar el patio y luego venir hasta mi habitación, pasan tomaditos de la mano, Macarena cantando buenos días su señoría mandandirun dirun da, mientras mamá camina delicadamente para no dejar sus muchas huellas de sangre, porque así murió, derrochando sangre, y papá, papá camina lentamente, más concentrado en su voz de tenor que en otra cosa, cantando ese himno español que decía España camisa blanca de mi esperanza, reseca historia que nos abraza, con acercarse solo a mirarla, paloma buscando cielos más estrellados, donde tendernos sin destrozarnos, donde sentarnos y conversar. España camisa blanca de mi esperanza, la negra pena nos atenaza, la pena deja plomo en las alas. Quisiera poner el hombro y pongo palabras, que casi siempre acaban en nada, cuando se enfrentan al ancho mar. España, camisa blanca de mi esperanza, a veces madre y siempre madrastra, navaja, barro, clavel, espada. La muerte siempre presente nos acompaña, en nuestras cosas más cotidianas, y al fin nos hace a todos igual...

España camisa blanca de mi esperanza, de fuera o dentro, dulce o amarga, de olor a incienso, de cal y caña, quien puso el desasosiego

193

en nuestras entrañas nos hizo libres pero sin alas, nos dejó el hambre y se llevó el pan...

España camisa blanca de mi esperanza, aquí me tienes, nadie me manda, quererte tanto me cuesta nada, nos haces siempre a tu imagen y semejanza, lo bueno y malo que hay en tu estampa, de peregrina a ningún lugar...

Y cuando María del Carmen acaba de cantar la canción que su padre cantaba, dice: sé que para papá, cantar era su catarsis, en los momentos más difíciles, no encontraba otra solución que ponerse a cantar, cómo estará sufriendo allá en su mundo de la muerte.

Los tres pasean muertos, están sin estar, como vos. Como fantasmas de un ayer habitado, nada más, te juro que nada más.

NOVENTA Y OCHO

Mientras Tomás I o Génesis saca estirando de la colita, un ratón que ha muerto en la trampera, vos te sientas a la mesa polvorienta y te sirves un té caliente con canela, que te ayuda a calmar el corazón de la tierna pesadumbre de ver un animalillo muerto. Por lo menos, con los ratones no percibes el miedo que te producen los pájaros sin vida.

Entrecierras los ojos para no ver que, de un puntapié, el esclavo lo echa a la calle, acabando de destrozar su cuerpo y dejándolo a la inclemencia del frío, del sol y del hambre de los perros vagabundos.

Levantas la tapa del azucarero de porcelana y cuentas una, dos, tres, cuatro, cinco, seis cucharillas de azúcar moreno de Santa Cruz. Los granos bailan y se van disolviendo poco a poco hasta desaparecer, mientras sigues pensando en la suerte del ratón.

El esclavo vuelve a entrar a la casa con la novedad que le ha contado la esclava de la casa de enfrente, que han visto a las Correa con sus baúles y sus animales en plena calle, buscando una pieza en alquiler.

No le contestas nada, te levantas con tus pasitos decididos, dejando enfriarse tu té, te acomodas unos viejos guantes y sales a la calle, levantas el ratón, tomas una pala, cuentas una, dos, tres paleadas, lo sepultas en tu desastroso jardín donde pasean los gordos cerdos, a la sombra de un naranjo que acaba de florecer.

NOVENTA Y NUEVE

Y yo que sigo pensando que cada habitación está poblada por alguien. Alguien que se quedó, alguien que se fue, que emprendió un largo viaje, alguien a quien le dio la gana de morirse o murió sin querer, o alguien que, como vos, hermana mía, está sin estar.

Del despacho que fue de nuestro padre, puedo decir mucho. Está poblado por libros y por almas, sí, por almas. Almas de reyes, de esclavos, de cristianos, de doncellas como vos y como yo, de Quijotes, de Dulcineas, de Sanchos, de la rancia historia de la dinastía de los Borbones, de los Tudor. Allí se divierten a sus anchas, esperando ser abiertos para comenzar a azuzarte con sus inquebrantables voces de lluvia.

En el despacho de nuestro padre, las cartas hoy perdidas de Ángel Mariano de Toro con su voz de lluvia inquebrantable, también.

CIEN

En esta madrugada otoñal, has paseado detenidamente por toda tu casa, descubriendo grietas, goteras, pajas de aguas destruidas por el estrago del tiempo. Así jamás podré vender esta casa, ni vivir en ella, piensas, mucho menos ahora que percibo tan certeramente que mi muerte se aproxima, como que dos y dos son cuatro, y cuatro y dos son seis.

Ayer, tu amigo Juan José de Segovia te confirmó lo que ya sabías: te enseñó el documento por el que consta que la justicia se inclinó a vuestro lado, y que la orden de desalojo era inminente, so pena de cárcel para las Correa, pues Peñaranda había escapado una madrugada reciente y nublada en que la gente le vio salir de la casa después de discutir con su mujer, la "doble cama", a quien abandonó.

No lo viste, pero los subalternos de Segovia te contaron que las Correa salieron gritando improperios contra todo el género humano masculino, y que para deshacerla de los cofres llenos de joyas de María, los guardias de la Real Audiencia tuvieron que encañonar a doña Huesos.

Dicen que se quedaron sin un solo céntimo en el bolsillo, pues Peñaranda se llevó lo último que tenían. No lo viste, pero también te contaron que sus esclavos fueron libertados, y sus cochinos perros, gatos y loros hacían una bulla ensordecedora que convirtió la escena del desalojo en una especie de circo ambulante, pues fueron bajando las calles asomadas por curiosos, obligadas a perder para siempre la dignidad, arrastrando baúles, enseres y paraguas, buscando casa por casa, ya sea de conocidos o desconocidos, una miserable pieza de alquiler.

Tampoco lo viste, pero dicen que solo hallaron cabida en la casa de una rica pariente lejana en cuarto grado, donde las recibieron bajo la condición de ocuparse ad honorem, en los menesteres domésticos, habiendo abandonado previamente todos sus animales en un huayco.

Sin un hombre que vele por ellas, y sin ningún otro ingreso, aquel destino era lo mínimo que se podía esperar, opinó Segovia.

CIENTO UNO

He vuelto a reflexionar sobre la expiación de mis pecados. Expiación es nuestra soledad compartida. Mi destino invariable, la cicatriz que quedará en el hueso de mi brazo como la marca de un deseo de muerte, de esta temporada de lluvias extremas y peste, mucha peste.

Expiación es que no me hables, que ya no nos nutramos de las conversaciones de hermanas que tanto unen y alimentan la confianza. Expiación es tenerte en casa como si no estuvieras, calcularte cercana o lejana, según el caso, decir ah, ya está allí, ya vino, ya durmió, ya se despertó, ya cerró la puerta, ya la abrió.

Expiación es una palabra compleja para mis labios de niña, te dije una vez. Es todo y es nada.

Expiación también es no saber qué hacer con mis cartas encontradas esta mañana en el soleado dormitorio de nuestros padres. Queriendo vencer a nuestros familiares fantasmas, cerré mi despacho con la llave que cuelgo de mi cuello, como vos, hermana, llevas colgante la pesada cruz de madera que se mece al compás de tu cuerpo. Entré al reino parental, llevando mi libro, mi vaso de agua por si me daba sed, mi lupa para el cansancio de la vista. Abrí la cerradura con tanta facilidad, que tuve la certeza de que alguien me esperaba adentro.

Junto a una ventana, tomé asiento en el sillón de papá, bañado de luz de la mañana.

Al correr la cortina que, al leer a Ercilla y Zúñiga en La Araucana, me protegería de la odiosa resolana que produce el blanco papel ante los ojos, encontré las cartas. Sabes que el lienzo de San Pedro Alcántara, de autor anónimo, está colgado cerca del sillón de papá, por tanto, el aire que produjo la cortina al correrse permitió que las cartas escondidas cayeran como pétalos disecados, arrugadas y algo ilegibles. Sin embargo, nadie me convencerá que no fue el santo quien me reveló el secreto por ser buena niña.

¿Quién las puso allí? ¿Las leíste? ¿Como a mí, se te quebrantó el alma al no tener el valor de pasarlas por el fuego?

¿Qué clase de juego quieres jugar? ¡Juana de Dios, dímelo!

Te juro que te tengo más miedo que al fantasma de Macarena cuando atraviesa el patio saltando a la cuerda, contando uno, dos, tres, y al fantasma sangrante de mamá, que grita en la agonía del parto, y sobre todo, al fantasma tenor de papá, cuando pasa muerto por mi lado cantando España camisa blanca de mi esperanza.

CIENTO DOS

Hoy, temprano, tomaste la llave que en persona te dio el abogado Juan José de Segovia, y guardándola en el bolsillo interior de la sotana, saliste a la calle despistando a Tomás I o Génesis, que con una escoba de paja limpiaba los entretechos de la casa, desalojando a t'aparakus y murciélagos.

Pasaste por un caudal desordenado de cañahuecas y astillas caídas de los techos, y saliste. Hace muchos años que no salías sin la compañía de algún criado, pero hoy no quieres ser carga para nadie. Además, eres orgulloso. Puedes caminar, aunque con pasos cortitos, y eso basta.

Te diriges a la casa de María, quieres ver en qué estado se encuentra. Vas atravesando calles en las que la luz del amanecer comienza a golpear en los muros blancos con una resolana repentina. A media cuadra de distancia, divisas que la fachada ha cambiado desde la última vez que estuviste en la ciudad. Los balcones azules, las chapas de las puertas cubiertas de pan de oro hablan del mal gusto de las Correa. Para muestra un botón, refunfuñas, porque te parece una casa de citas, como la de la madama Manuela Gómez, de la que tu padre era asiduo.

Tienes la vieja sensación de que algo falta, siempre la tienes.

Abres la puerta y, en el zaguán de la entrada, te recibe el nicho del Corazón de Jesús, te persignas. Azorado, en medio del patio del que han cortado sin piedad los hermosos rosales amarillos de María, elevas la vista hacia las habitaciones en derredor.

Sobre las losas empedradas del patio, quedan aún los estragos del desalojo, plumas verdes de los sombreros de las Correa, o quién sabe de sus cotorros, meciéndose en el suelo a merced del aire cruzado, pelos de gato por aquí y por allá. Las enredaderas de hiedra lastimadas por el trajín de muebles y por un insistente recorrer por el mismo sendero.

Abres la puerta del salón principal, donde ves que han desaparecido los hermosos espejos biselados que tu tío Mateo heredó a su hija. Dónde diablos estarán, vuelves a refunfuñar, seguro que los vendieron al mejor postor.

La cocina que dejaron las Correa es un hoyo oscuro que en nada se parece al luminoso y acogedor ambiente en el que su esposo sorprendía a María musitando alegres melodías mientras preparaba manjares. Si la estoy oyendo ahora, refunfuñas de nuevo, y te pones una mano sobre el corazón, sin percibir que los ojos se te han humedecido tanto que estás llorando. Nunca tomaste muy en cuenta a María, para vos era la prima mocosa que nunca crecería, y ahora está muerta.

Hace casi veinticinco años que ha muerto y es la primera vez que la lloras. Qué egoísta has sido, en todos estos años no has podido ofrendarle ni siquiera una lágrima, y ella que confió en vos desde el más allá.

Por lo demás, no quieres subir al segundo piso a fijarte en las seguras porquerías que dejaron las Correa. Te arrepientes de no haber venido con tu esclavo, así te ayudaría a subir y verías lo que hay. Pero no, es mejor no ver nada más, si no quieres seguir llorando, qué va a decir la gente, que te vio con los ojos enrojecidos, llorando como un borracho amanecido. Por eso, antes de salir, haces un poco de aire con las manos cerca de tu rostro, aunque tu vieja sensación de que algo falta persiste.

Con énfasis, cierras la puerta detrás de vos, cerrando también un capítulo de tu vida.

CIENTO TRES

Ya ves, me he vuelto loca igual que vos.

Desde que regresaste del entierro de la comadre Santusa, te has encerrado dentro de vos misma, una ingeniosa forma que resulta peor que si te encerraras en un ropero o en un baúl. No comes nada, ni siquiera tus higos en almíbar, no duermes ni de noche ni de día, solo estás como si no estuvieras. Si no estás en tu alcoba, con tus ojos clavados en el paisaje que ofrece tu ventana, estás en la huerta, mirando los espacios donde jugaban las niñas, buenos días su señoría, mandandirun dirun da.

Estás aquí sin estar, te hablo y te hablo y nada me respondes. Antes, cuando menos me respondías con frases inteligentes que me hacían pensar, ahora nada. Estamos tan solas, sin el padre Antonio y sin la comadre Santusa, al menos con ella conversabas.

Sé que debo golpearme el pecho como leí que lo hacía el padre Josep de Suero por sus pecados. Yo, como él, también tengo culpas, culpas perentorias de amor. Aunque no me guste, háblame, hermana mía, que tu voz es precisa para amainar este dolor de no morir de la peste de erisipela, sino de la peste de silencio.

CIENTO CUATRO

Cuánto desearías que tu tío Mateo estuviese vivo. En un chasquido de dedos, los esclavos estarían haciendo lo que él ordenara, construir un corral y echar allí a los cerdos que están comiéndose la hierba de tu desordenado jardín, dejando sus excrementos regados por toda la casa, como una humeante materia en cuyo derredor vuelan en círculo las moscas azuladas.

Dispondría que se mate a todo animal dañino y sucio, así que afuera y en su libre albedrío estarían tus huéspedes ratones, arañas, t'aparakus, murciélagos, polillas y niguas. Haría que se limpie con trapos y lejías todo lo polvoriento y oxidado, todo lo sucio, es decir, la casa entera. Traería un tropel de maestros albañiles, pintores y hasta un arquitecto para recomponer la elegancia y prestancia que otrora tuvo tu casa.

Haría componer tus recios muebles comidos por la polilla, haría cambiar los tapices, desenrollaría tus ricas cortinas, las haría lavar y secar al sol, para colgarlas nuevamente ante las ventanas de vidrieras relucientes. Colgaría tus lienzos pintados y olvidados por los estragos de tu memoria, pues lo que mejor has guardado han sido tus obras de arte, pero tan bien las guardaste que no te acuerdas dónde demonios están. Tu tío Mateo te haría recordar con ejercicios memorísticos o con un golpe de su bastón si le hicieras perder la paciencia.

Una vez estucadas y bien pintadas tus paredes, dispondría tus sacros óleos, San Pedro y San Pablo por allá, el San José por aquí, San Nepomuceno por acullá, como en toda casa decente debe ser.

Tu estudio sería mejor que el de tu amigo Segovia. Tus anaqueles llenos de libros selectos, la luz adecuada entraría a chorros por la ventana, justo para sentarse en el canapé y leer.

Tu cuja sería la más elegante de la ciudad si estuviere vivo tu tío Mateo, y no el lecho apolillado en el que duermes ahora. Le pondría un dosel mejor que el que tienes en la casa parroquial de Potosí, y un tripe de flecos de terciopelo le daría el toque final del buen gusto a tu alcoba.

Eso y más haría Mateo de Suero, es decir, ordenaría que lo hagan. Vos no, no puedes, eres medio inútil, ni siquiera puedes mandar. Por eso siempre estás pensando que hay cosas por hacer, pero no las haces de todos modos.

Nunca estuviste dispuesto a hacer ningún tipo de sacrificio, amigo mío. Pero en esta noche serena, es como si escucharas mis atrevidos pensamientos y me desafías, sí, me desafías, o será, amigo, que yo, como la voz de tu conciencia, estoy desafiándote.

Te levantas del lecho, te sacudes los huevecillos de polilla que han quedado en tu ropa y, cogiendo el candelabro, lo acomodas sobre tu escritorio taraceado de nácar para que te alumbre. Tienes rabia de dejar de lado la cómoda apatía que ha sido un lineamiento general de tu vida. Sacas una cuartilla, tomas la pluma, la ensopas en el tintero, redactas un documento que mañana a primera hora harás autenticar con el notario Pimentel.

Con ese poder legal, dejas la casa de María a tu amigo Juan José de Segovia, para que este, como abogado de la Real Audiencia, disponga las gestiones que conlleven convertirla en un hogar público de niños huérfanos, bautizado como Santa María de la Misericordia, bajo la única condición de que allí dentro se cultiven muchos, muchos rosales amarillos.

CIENTO CINCO

Recuerdo que hace poco tiempo te di la oportunidad de comenzar a hilvanar en orden preciso nuestros recuerdos familiares, con el objetivo de que sepas qué pasó de este lado del mundo y, así, recuperes siquiera algo de cordura.

En los últimos siete años no he querido sino comprenderte. Hasta el día de hoy, me he esforzado en comprenderte, hermana mía. Por eso, he dejado abierto y pendiente sobre la mesa de estudio mi hermoso libro titulado Historia de España, de Juan de Mariana, editado en Madrid, en 1601, un tratado con ilustraciones que me lleva a otros mundos y, en vez de ello, hoy elijo hacer el sacrificio de evocar los recuerdos, como geométricos elementos que al final de cuentas calzan perfectamente en una figura, la figura de nuestras vidas.

En tu vieja silla, apostada en la huerta a merced de esta garúa vespertina, te encuentro descalza y despeinada, mirando sin pestañear un horizonte, una línea divisoria e imaginaria entre las dos, y estás tan callada que anhelo comprender esta tu enfermedad de silencio.

Me ha dado por recordar. Qué otra cosa podemos hacer si no hemos vivido nuestras propias vidas más que en función de otros. Recuerdo el nacimiento de la pequeña Macarena, hacen ya siete años, y cuando pronuncio "Macarena", tu cabeza hace un movimiento involuntario de amor. Fue a las dos de la tarde de un domingo de Ramos, aquí en esta misma casa donde ahora la lloramos ya sin ápice de esperanza. Nuestra madre, María Melchora de Echalar, que Dios guarde en su santa morada, había llevado una preñez difícil, agotadora e insoportable por las venas moradas que parecían reventar como semillas de chirimoyas debajo de la piel de sus débiles piernas. De nada servían las fricciones con aceite de romero y las almohadas que poníamos para recostar sus pesados pies hinchados. Definitivamente, pienso que se murió para que algún día no tuvieran que cortarle ambas piernas. Se murió por querer darle un hijo varón a nuestro padre, me corriges en una irrupción inesperada, como todas las irrupciones del mundo, pero esta es filosa como daga, porque rasga abruptamente tu silencio, lastimándome. Paciencia, tendré paciencia.

Recuerdo que Sacramento fue la que llamó a la Benita Catacora, la india comadrona, y preparó todo con antelación. En la mesa de la alcoba de nuestros padres, puso una olla con agua hirviente, varias gasas de algodón, los pañales de bayeta de la tierra, las pequeñas ropitas tejidas, las tijeras y un grueso cirio encendido ante la imagen de San Ramón no nato, el santo de las parturientas, en quien mamá no tenía fe, como sí la tenía en San Pedro Alcántara.

Mamá había tenido los dolores de parto desde la madrugada de aquel día domingo santo en que, como ya lo dije, se recordaba la entrada de Cristo a Jerusalén en su pollino de asna, jamás podría olvidarlo, por eso, y también por todo lo que pasó después.

Pese a la debilidad de las piernas de nuestra madre, cuando se acercaba el momento del alumbramiento, la india se puso un puñado nuevo de hojas de coca en la boca, rezó unas oraciones en quechua y luego se santiguó para ordenar a mamá que pusiera toda la fuerza en sus talones y pujara como si en eso se le fuera a ir la vida. Y se le fue, corriges nuevamente, y pienso que te ves mejor cuando estás callada y ausente y no me navajean estas tus palabras calculadas.

Paciencia, tendré paciencia.

Mientras esto sucedía, nuestro padre esperaba impaciente en el patio, fumando cigarro tras cigarro, que cuando se acababa uno encendía otro con el anterior porque estaba al borde de los nervios, cantando o musitando melodías. Papá conocía la inminencia de la muerte de su mujer, por eso los nervios lo traicionaban, y cuando supo por la india Benita Catacora que su esposa estaba muy débil y pronta a morir, papá volcó un mueble y maldijo.

Mentira, irrumpes correctiva, papá volcó el mueble porque supo que nació una niña, y no un niño, como él quería.

Mira, Juana de Dios de Gil, ya no te soporto más, si me corriges otra vez, te juro que te dejaré, me iré a los campos, a los valles, a aquellos sitios donde vos habrías tenido que escapar para no quedarte solterona y loca como estás hoy. ¿Acaso no recuerdas que Pablo Congo, el marido de la Sacramento, estaba con papá, brindándole a cada rato un aguardiente cinteño que era fuego puro y que ambos bebían como si fuera agua? Ahí fue que escuchamos el llanto de la niña y papá se puso su sombrero y salió de casa, con el cigarro humeante en la mano y Pablo Congo por detrás, resguardándolo. Regresaron al anochecer, cuando las campanas de San Miguel y de San Agustín doblaban las siete y ya íbamos a comenzar el rosario por el alma de mamá.

¡Mentira!, intervienes caprichosamente, y cuando lo dices pareciera que ya no puedes más con tu locura y te agarras del borde de la poca cordura que a ratos te sobreviene, y puesta en pie gritas una elaborada frase, una seguidilla rapidísima de palabras: ¡mentira!, porque volvieron tres días después, cantando esa canción que decía, yo soy uno de esos amantes, tan elegantes como los de antes, que siempre llevan guantes; volvieron completamente borrachos, mientras nuestra madre ya había muerto desangrada y la niña lloraba de hambre, porque no había quien la alimentase.

Me das miedo, Juana de Dios, porque tus ojos de caramelo parecen ahora chispas de fuego, y por eso me tapo los oídos diciéndote no escucho, soy de palo, tengo orejas de pescado. No quiero escuchar que con palabras delirantes y antes de morir, nuestra madre te encargó a la niña y te dio la libertad de escogerle el nombre. No escucho, soy de palo, tengo orejas de pescado. No quiero escuchar que la esclava Sacramento y vos se encargaron del entierro de mamá, porque las moscas comenzaron a asentársele muy pronto por los hilillos de sangre que caían de su cama anegada de sangre escarlata y densa, y que el padre Antonio del Risco y Agorreta no pudo decirte que aunque buscó a papá por toda la ciudad, no lo pudo encontrar, porque estaba perdido en los vericuetos del aguardiente, y prefirió decirte que había viajado de urgencia por comisión de la Universidad. No escucho, soy de palo, tengo orejas de pescado. Y que la Sacramento tuvo que buscar en los barrios peligrosos de indios a una india nodriza para que la Macarena no se muriera de hambre. No escucho, soy de palo, tengo orejas de pescado. Y que cuando papá volvió, ni siquiera quiso ver a la recién nacida, y después de guardar luto por algunos días, se guardó para llevar por siempre la procesión por dentro, y volvió a su muy honorable despacho de la Universidad, haciendo de cuenta que no había pasado algo tan grave. No escucho, soy de palo, tengo orejas de pescado.

Y que tras estos hechos, papá comenzó a exigirte más y más, sin darse cuenta que eras apenas una mocosa de trece años que no sabía ni limpiarse las narices, que la comida, niña Juana de Dios, que estaba sin sal, y mis camisas, niña Juana de Dios, están mal aplanchadas, que mi estudio, niña Juana de Dios, está cubierto de polvo, que qué carajo pasa, que parece que en esta casa no viviera nadie, que dónde está mi toga y mi birrete de la Universidad, que hoy tengo un acto oficial y no aparece, y que, niña, basta, haz callar esa infante malagüera, que me duele la cabeza. No escucho, soy de palo, tengo orejas de pescado.

¡Mentira!, me gritas una vez más, mientras yo lloro gruesas lágrimas, pues todo estaba mejor cuando no me hablabas, soy una estúpida por pedirte que me hablaras.

¡Mentira, mentira, mentira!, que no eres de palo, niña María del Carmen de Gil, has escuchado la verdad y eso es lo que te acuchilla la carne.

CIENTO SEIS

Recostado desde tu apolillada cama que no quieres sacudir de huevos de polilla y de sus alas de seda aplastadas por el gran peso de tu cuerpo, piensas con satisfacción que has cumplido una buena parte de tu misión.

Repasas el hecho acontecido hoy, cuando el notario Pimentel te felicitó por tu nobleza al autenticar el documento por el que donas la casa de tu prima María a la orfandad pública. Si supiera que se trata solo de un peso de conciencia, tal vez no te felicitaría.

Mientras del roído tumbadillo de tela sale volando un murciélago que ha escapado a la aniquilación de Tomás I o Génesis, sonríes imaginando a las Correa con sus delantales y sus cofias reglamentadas para la servidumbre por su rica parienta, meneando eternas ollas de guisados hasta morir de viejas, infestados sus cabellos con el rancio olor de ajos y cebollas y sus dedos pulgares ennegrecidos y cortados de pelar muchas arrobas de papas.

Debajo de tu almohada apolillada guardas doblado otro documento que te dio tu amigo Juan José de Segovia, al desdoblarlo y leerlo, te frotas las manos y sonríes como un niño malo. Es la lista detallada de las joyas que les quitaste a las Correa. Un par de pequeñas hebillas de oro con catorce esmeraldas, tasadas en 400 pesos, una gargantilla de ciento veinte perlas tasada en 900 pesos, dos tembleques de oro tasados en 200 pesos y otras joyas sueltas más, que son contadas como menudencias. Y estas son solo unas pocas, según los documentos de María, ya que era dueña de muchas otras que ni aun en su bancarrota quiso vender, porque eran recuerdo del amor de su esposo.

De estas joyas vivieron las Correa en el tiempo de sus miserables vidas que ocuparon la casa de María, dándolas en garantía a diestra y siniestra para prestarse dinero y armar sus escandalosas parrandas de días, pues eran conocidas por ser borrachas. Por eso, muchas alhajas se perdieron a manos de prestamistas usureros.

Vos, amigo mío, no necesitas vender nada, mucho menos ahora que tienes la fama de codicioso por este juicio en el que saliste triunfador. Quieres, más bien, limpiar tu imagen. Por eso, te levantas con un resquicio de sonrisa infantil en los labios y, con movimientos densos de gordo, te acomodas detrás de tu escritorio para redactar un documento que haga callar esas bocas insolentes.

Un poder a tu amigo y abogado Oidor Segovia, para que el remate de las joyas por subasta pública sea legalmente efectuado y el dinero obtenido sirva para el sustento de muchos años del hogar de huérfanos. ¡Oh, pero cuánta piedad!

Mañana irás a autenticar el documento con el notario Pimentel. Entretanto, así como a veces te dan ganas de llorar, hoy te dan unas ganas tremendas de reírte de todo, de las Correa y de sus cotorros desplumados, de tu casa, en la que parece que se lleva a cabo una guerra infinita entre la hipocresía y la verdad, porque da la impresión de que todo está siempre a punto de desplomarse, como vos mismo, que parece que en cualquier momento fueras a morirte, y nunca te mueres porque eres un anciano decrépito esperando una muerte que no quiere llegar, y te ríes hasta de tu propio apodo, que la gente insufrible de esta ciudad te ha puesto al verte tan viejo como Matusalén, pues te enteraste que te llaman "El inmortal", pero cuánto ingenio. Amén de ello, también te ríes del pobre notario Pimentel y de su ridícula ingenuidad.

Sí, también de eso te ríes.

CIENTO SIETE

El otro día te dije que comprendía por qué te habías vuelto loca, y no mentía, hermana mía. También es verdad que no te culpo de nada, porque voy comprendiéndote más y más, como una buena madre lo haría acogiéndote en su seno de misericordia. Siempre insistente y correctiva cuando quieres, interrumpes para decir que, cuando hablo así, te recuerdo a aquella madrastra con astilla de hielo en el corazón de ese cuento de hadas que nos contaba mamá cuando niñas.

Trato de no darte demasiada importancia, hermana mía, porque, pobrecilla de vos, sé que te falla la cabeza. ¿Sabes desde cuando lo supe? Supe que estabas loca desde el momento en que nuestro tutor, el padre Antonio del Risco y Agorreta les dio los santos óleos a las niñas, aquella noche ventosa de septiembre que está perpetuada en mi memoria como una rémora, asegurando que sí, que ellas estaban evidentemente dormidas para siempre, poniendo extremo y tierno cuidado en sus palabras. Con ademanes quedos les ungió con aceite, les puso la cruz de ceniza en la frente, les cerró los ojitos, les enjugó de la frente las lagrimillas de cristal de sus últimos sudores, mientras vos permaneciste sentada y callada, con tu pañuelo amarrado a la cabeza y tus ojeras púrpuras como rastro innegable del sufrimiento de haber visto muchos amaneceres, con el pesar a cuestas de la última noche pasada en vela cuidando a cuatro niñas desahuciadas por los mejores médicos de la ciudad, que son los hermanos juandedianos y el médico madrileño Manuel de Corcuera, un sabio de las pestes, porque las enfrentó y las venció todas a base de higiene en su hospital Pasión y Madrid, donde adquirió su reputada experiencia.

Pero vos ya no escuchabas nada. Te valió un pepino la palabra higiene, que nadie sabía bien qué diablos era, y permaneciste en un silencio tan aterrador, que los esclavos se persignaban al verte, te abanicaban y te acercaban alcohol a la nariz, pero todo era inútil, porque te hundiste y luego te embarrancaste en aquel silencio tan aterrador, que nadie logró librarte de él, ni siquiera el buen sacerdote, no porque no quisiera, sino por miedo. Tu rostro, hermana mía, daba miedo, porque llevabas adherida, en las cuencas de tus hermosos ojos del color del caramelo, la sombra violácea del dolor. Y lo peor era que ya no te importaba nada.

Caíste pesada y repentinamente de la silla donde permanecías inerme, pese a este tu cuerpo exangüe y liviano que tiene el peso de una pluma de paloma, y hasta pensamos que, de acuerdo al léxico del padre Antonio, te habías quedado dormida para siempre, pero tus ojos estaban cuajados de lágrimas tornasoles tan densas, que asumimos que tenías que llorarlas, porque si no, se te quedarían atoradas en el alma.

Gracias a Dios que estabas profundamente sumida en tu sopor, porque así no presenciaste los arreglos precisos para el entierro. Los sirvientes y yo lavamos con agua de lluvia las caritas de las niñas, y les curamos con vendas la hiel que aún supuraban las heridas de sus pobres y menguados cuerpecitos. Vimos el fulgor en brasa de las semillas de guayaba en cada llaga de sus costados, y en algunas de ellas, hasta el tormento perverso de las larvas de gusanos que ya comenzaban a aparecer.

Con el peine de plata recogimos delicadamente sus hermosos bucles en una apretada cola de caballo, y luego saqué de mi baúl los cuatro pequeños hábitos del Carmelo que había mandado secretamente a hacer cuando comenzó esta peste maldita.

¿Por qué estabas tan seguras de que morirían?, me gritas, y encuentro coherencia en tu actitud.

De acuerdo, hermana, me retracto, en primer lugar, sé que no debo maldecir, y segundo, saqué los seis hábitos del Carmelo que mandé a coser porque siempre pensé que las seis hermanas íbamos a morir todas en uno, así de golpe, sin tener que pasar por la agonía de ocuparnos de enterrarnos una a la otra. Pero mi explicación no te

213

convence y, entonces, me miras fijamente, y te tengo miedo, porque es como si me descubriera delante de vos, de algo que ni siquiera sé, que ni siquiera quiero recordar.

Con tus ojos clavados en mí, prosigo diciendo que después vestimos a las niñas y que, aunque los hábitos les quedaron grandes y anchos, les pusimos en las manos el rosario de cuentas de madera, pues aun a su corta edad habían pedido ser amortajadas y enterradas sin pompa alguna en sacrificio al Señor. Pobrecillas palomitas, jamás se me olvidará la imagen de verlas vestidas de carmelitas, dormidas como cuatro Bellas Durmientes, en sus cujitas infantiles con dosel y cobertores de color pastel.

En medio de tu sopor, parecía que soñabas por el movimiento rítmico de tus párpados cerrados. Cuando despertaste a la realidad, tu esclava Sacramento te había puesto el negro vestido de luto que nuestra madre usaba para ir a las procesiones de Semana Santa, y había recogido tu rubio cabello con una peineta de cobre que nuestro padre te había traído años antes de las minas de Chile.

Era hora de ir al entierro.

CIENTO OCHO

Tu acción retardada de justicia ha dado resultado. Has llevado tu documento, redactado anoche, al despacho del notario Pimentel, y tras sus halagadores comentarios, lo has autenticado, y bajo inventario has entregado las joyas en un cofrecito de madera con candado y llave de oro.

Después de las firmas y rúbricas, cogido del brazo de tu esclavo, te marchas contento hacia tu loca casa. Las habladurías cesarán y, más bien, serás considerado como te ve el notario Pimentel a través del cristal de su propia nobleza, y no de la tuya, porque no tienes ninguna. Pero igual, todos dirán que eres un santo generoso. No puedes quejarte, todo salió perfecto.

En el camino has pensado en tu casa parroquial de San Bernardo, en tu despacho custodiado por el arzobispo, al que no volverás; has pensado en la marquesa Josepha de Escurrechea y en sus ojos profundos de ensueño de mar que no verás nunca más.

Has pensado en la posibilidad de reparar la casa de esta ciudad, para morir con dignidad.

CIENTO NUEVE

Aunque tu cuerpo trémulo no sufría de temblores, por no contar vos con fuerza necesaria, el esclavo Pablo Congo te subió alzada al coche y tembló de miedo al mirarte. Eras la imagen de la desolación. Vamos al templo de Santo Domingo, pronunció despistadamente el negro, como si tuviésemos otro lugar a dónde ir. Zopenco, le dije, ni modo que de día de campo.

En aquel momento, recuerdo, pensé que Pablo Congo no era el único que temblaba. Yo también me moría de miedo, jamás había presenciado un entierro de niñas, solo de gente mayor. Temblando, experimenté la certidumbre de que parecías una virgen dolorosa, pálida, toda vestida de negro y con las manos vacías, porque ya no tenías a quién más cuidar. Lo único que te faltaba, hermana, eran las lágrimas de sangre. Las tuyas eran tornasoladas.

En Santo Domingo, recordaste el lugar exacto donde están enterrados nuestros padres. Leíste la inscripción en la piedra que hace de cripta de nuestra madre: Aquí yace María Melchora Echalar, mujer que fue del doctor don Manuel de Gil, abogado y rector de la universidad de esta ciudad de La Plata, en el día santo de domingo de Ramos, cuatro de abril de este año del Señor de 1784.

Y al lado de esta, la de su atribulado esposo, nuestro padre, que no soportó estar mucho tiempo sin ella: Aquí yace el doctor don Manuel de Gil, abogado y rector de la universidad de esta ciudad de…, en el día mayo catorce, de este año del Señor de 1786.

El objetivo era enterrar a todos nuestros muertos juntos, y para eso era necesario reabrir la tumba de nuestros padres e introducir allí a las niñas. A varios metros de profundidad, alcanzamos a ver la caja fúnebre de papá, lo que me produjo tirarme de hinojos al suelo de piedra y estirar las manos queriendo tocar lo que quedara de él, llorando su ausencia desmedida, pero un capitán zambo de sepultureros me espantó, con el brazo levantado me dijo, niñita, no puedes tocar, pero no me espantó su voz ni su aliento de perro, sino los ojos enrojecidos de los que ven a los muertos todos los días.

Aunque habías quedado sumida en otra suerte de sopor, percibiste el aliento a chicha de los indios y negros sepultureros, que masticaban bolas de coca y paleaban la tierra, que quitaban losas de piedra obedeciendo la voz del zambo, quien en una mezcla rara de español y quechua les decía quiten eso, y lo quitaban, y dejen eso, y lo dejaban, y que vuelvan a poner aquello, y lo volvían a poner, y que ahora sí, compañeros, traigan la caja, y la trajeron, y ahí es que viste, hermana, quizá como en sueños, pero viste la caja cuadrada de madera en la que dormirían para siempre nuestras pequeñitas.

Para no derrumbarte por el tufo carcomido de órganos en aquel ámbito de cementerio, apoyaste una mano en el muro de piedra y, pese a tus densas lágrimas, alcanzaste a leer la nueva inscripción:

Aquí yacen las hermanas Remedios, Paloma, Valentina y Macarena de Gil y Echalar, llevadas a la presencia del Señor en el mes de octubre veinticuatro de 1791, reposando junto a sus buenos padres, el doctor don Manuel de Gil, abogado y Rector de la Universidad Mayor, Real y Pontífica de San Francisco Xavier, fallecido en mayo catorce de 1786, y María Melchora Echalar, en abril cuatro de 1784, que de la presencia de Dios gocen.

Se puso esta nueva inscripción, en La Plata, a veinticinco de octubre de este año del Señor de 1791.

Eso fue todo. No pudiste moverte por el dolor de las costillas que te ahogaba, y perdiste el conocimiento.

Eso fue todo. Después del entierro, volvimos a casa, te confesaste con el padre Antonio y comenzaste con tu locura.

Y henos aquí, al arrecio de ella.

CIENTO DIEZ

Y entonces, como todo en la vida, ha llegado la hora de llevar a cabo la última parte de tu última misión.

Es paradójico, pero quizás este es un buen día para empezar, y en poco tiempo, terminar de una buena vez lo que ayer, camino a casa, venías pensando. Por eso, en esta mañana fresquecita de marzo, te sientas a la mesa sucia y exiges a Tomás I o Génesis que la limpie inmediatamente, que no eres ningún cerdo, como esos del jardín que andan cagándose por toda la casa, para que te sirva el desayuno en una mesa atestada de migas duras y de restos de comida de anoche. Desde ahora, le dices al contrariado esclavo, me sentaré a la mesa solo si está dispuesto el servicio de plata que fue de mi madre, sobre el impecable mantel de lino blanco y los candelabros bien pulidos con velas blancas encendidas. Sí padre, claro que sí padre, asiente Tomás I o Génesis, mientras se disculpa, argumentando que pensó que te gustaba la mugre, después de insistirte mucho con limpiar la casa sin lograr una respuesta concreta de tu parte. Los esclavos no piensan, los esclavos obedecen, pronuncias, y al hacerlo percibes que suenas a tu tío Mateo.

Mientras tomas tu chocolate caliente, acompañado por pan untado con mermelada de gargatea, le adviertes al esclavo que, al regresar del Seminario, que es a donde irás, quieres ver los patios limpios de toda inmundicia porcina, que a los ratones muertos te haga el señalado favor de no echarlos a la calle, sino que los entierre en una fosa común a la sombra del naranjo, que busque ayuda para reparar las goteras y cambiar los tumbadillos, y que busque más ayuda para encontrar en los rincones más recónditos de la casa unas obras de arte que deben costar millones y que están perdidas aquí, en esta selva de muebles tapados y escombros, y que limpien los cristales y que limpien de telarañas tus sacros objetos, que esos más bien no se te olvidaron dónde estaban, y que esperen para que les digas dónde los van a poner, que aunque ellos quieran ayudarte, no tienen el más mínimo criterio del buen gusto, y que en este mismo momento, aquí tienes 100 pesos, me consigas un colchón de plumas de ganso, porque el que tengo en mi aposento lo quiero echado al fuego, con sus polillas y todo.

De nuevo te escuchaste sonando a Mateo de Suero. Siquiera por una vez en la vida, hiciste bien las cosas, deberías felicitarte.

CIENTO ONCE

Entro a tu aposento y cierro la puerta. A través de la ventana, veo que la lluvia de octubre forma ondulantes acequias, cascadas pequeñas que corren serenas en la huerta. Hace poco tiempo, te permitías correr bajo la lluvia, ensoparte hasta quedar tan mojada como tus chulupías, no lo supe entender, pero era divertido para ustedes. De la mano de la Macarena, formando una seguidilla humana, las cinco hermanas jugaban peligrosamente a quién podía saltar más charcos, a veces hasta se caían, pero no por eso se perdía la diversión. Yo me quedaba viéndolas desde dentro de la casa, porque leer me parecía más interesante.

Sin embargo, ahora la lluvia ya no nos importa.

Aparentemente cansada de tus ataques armados de palabras, te has sentado cerca de mí, mientras la lluvia que cae afuera no te deja ver tus montañas azules de allá enfrente, porque están como envueltas en un nicho transparente construido de lluvia. Y estás tan callada y pareces tan ausente, que das miedo.

Juana de Dios, te digo, hemos llegado a un punto en que lo que menos anhelamos es recordar. Es verdad que en su momento te juzgué por tu temor a los recuerdos, pero hoy comienzo a comprenderte.

Por ejemplo, me gustaría recordar esta tarde lluviosa tal como es, al compás de los recuerdos de otros tiempos, y después, después abandonarme a lo que venga, a la peste de erisipela que nos circunda, a la locura que me has contagiado como otra peste más, o a tu silencio, como colmo de males, ya que es la peor de las pestes, porque esta te hace mirar para adentro, hacia el corazón.

No me dan miedo los recuerdos, pronuncias con tu mirada encallada en mí, y el fondo del paisaje que se dibuja detrás de tus hombros es tan impresionante, que por un instante te imagino la reina de las aguas danzantes, con tus chulupías en derredor. Me dan miedo las mentiras, sentencias.

Y yo, que ya entiendo cómo es que empiezas a ponerte loca, camino hacia la puerta para escapar de tu dormitorio, pero me he quedado con la mano helada en la manija de la puerta mientras los goznes chirrían, indecisos como yo, para abrir sus pesadas coyunturas, o por fin cerrarse. ¡No te muevas!, gritaste, armada de tus palabras cortantes como hachas. Si vamos a recordar, recordemos la verdad, dijiste, en primer lugar, no existen las muñecas de trapo vestidas de terciopelo que nuestro padre trajo de Lima, ni los abanicos traídos de Potosí, ni las peinetas de cobre traídas de las minas de Chile, no porque él no hubiera estado en esos lugares, que sí los conoció, sino porque sus pupilas no siempre emanaban bondad, como en tus sueños idealizados, él no era así y jamás se le hubiese ocurrido comprar semejantes cosas, y en segundo lugar, la enfermedad no se llevó a las niñas, sino que las niñas se fueron juntamente con la enfermedad, recorriendo senderos laberínticos y empinados por donde, me contaron mis chulupías, alguien las había embarcado en un viaje sin retorno.

No te voy a soportar ni una más de tus mentiras, niña María del Carmen de Gil, que prefiero juntas todas las pestes del mundo a soportar una más de tus malditas mentiras.

CIENTO DOCE

Acompañado de tu esclavo Tomás II o Éxodo, has ido a buscar al nuevo Rector del Seminario, el sucesor de tu amigo, el padre Melchor José de la Piedra y Ochoa, que murió intempestivamente ha poco. A ambos les conociste hace varios años, en uno de los tantos oficios de la vocación pastoral. Hoy vos estás estragado por la edad, pero él se ve joven y saludable.

Quizás es un asunto de la conciencia, reflexionas, mientras observas los elegantes movimientos del padre Gregorio de Olasso y Silva, quien ordena a su mozo que les sirva una infusión caliente. Un hombre importante en la ciudad y toda una personalidad académica, pues se lo "pelean" tanto en los claustros universitarios, como en este Seminario y hasta en el Colegio de San Juan, por sus facultades de enseñanza de la cátedra de Instituta. Al mismo tiempo, es racionero de esta santa Catedral, nombrado personalmente por el Arzobispo Argandoña para Provisor y Vicario General.

Nervioso por las suspicaces miradas de sus retratos al óleo de los santos doctores de la iglesia, como Santo Tomás de Aquino, San Gerónimo, San Buenaventura, San Ambrosio, San Agustín y San Gregorio, enmarcados en recuadros dorados, haces una mala introducción a tu visita y preguntas de qué había muerto su antecesor. Presientes que a Olasso le dan ganas de decirte que qué te importa, pero disimula y contesta que el padre de la Piedra murió del mal de la vinchuca, que Dios le tenga en su eterna gloria.

Pero vos, en el fondo, solo quieres saber de Juan Antonio, preguntar qué fue de él, qué hace, cómo es su vida ahora, pues no sabes nada concreto de él desde hace más de ocho años, cuando, mozalbete aún, salió de tu casa, aunque hace poco estuvo visitándote en Potosí, pero solo se te ocurrió ignorarlo. Y das en el clavo, porque tu interlocutor se ha acordado de que tienes en el seminario a un hijo adoptivo, y te informa lo que ya sabías, añadiendo que Juan Antonio es un catedrático brillante, que aunque un poco retraído, todos le admiran; los profesores mayores por su inteligencia, sus alumnos por su humildad y constancia, pues se las arregla para sacar tiempo al tiempo y dar clases de nivelación a los más atrasados. Que en todos sus años de Seminario siempre aprobó con notas sobresalientes los tres complejos exámenes anuales de Teología y Moral, los cinco de Instituta Civil y los nueve actos divididos en tres exámenes de Teología, tres de Leyes y tres de Filosofía. Que nunca recibió castigo porque nunca lo mereció, a diferencia de otros alumnos, que sufrieron la expulsión por faltas graves, como conversar con mujeres en la calle o en los lugares sagrados.

¡Hostias!, si hasta ganas tienes de gritar que es tu hijo, sangre de tu sangre, pero solo se te ocurre sentir que tus duros lacrimales se humedecen por el peso inevitable de la nostalgia más recóndita de tu alma. Gracias a Dios que el rector no lo nota, y más bien te pregunta si no quieres que a Juan Antonio le interrumpan su clase de griego, pues dice que le han comentado que estás transitoriamente en la ciudad por un juicio y, entonces, es mejor que le hagan llamar para que venga a saludarte enseguida a la rectoría, pero el líquido caliente de la taza se te ha derramado encima de la sotana, por el pulso trémulo de la edad, opina disculpándote el padre Olasso, pero solo vos sabes que es por miedo.

Dices que sí, que venga Juan Antonio, que gracias, volviéndote a acordar que con las segundas oportunidades no se juega, porque pueden ser las últimas.

Y minutos más tarde te encuentras mirando el bosque repercutido de neblina que son los ojos de Juan Antonio, cuando te besa la mano, pronunciando, muy buenos días padre, antes de que el mundo, con todas sus trampas de la culpa y la nostalgia incluidas, se te venga encima, lentamente, como un equinoccio inevitable.

CIENTO TRECE

No puedo continuar con mis lecturas. No después de las palabras que lanzaste al aire, como bárbaros alfanjes de Solimán el magnífico.

He deambulado por la casa solitaria, y al salir a la huerta, me he mojado con el rocío de la madrugada, pensando, pensando. No sé por qué me detestas de esta manera, si todo lo que hice, fue por piedad, te lo juro, por piedad.

Rocío, lluvia tímida para jugar a mi alcance. Por eso hoy, a la madrugada, pensando, pensando, me he recostado en la tierra húmeda, cerca del nacimiento de los crisantemos rosados que ya han florecido, para que me quieras como quieres a la lluvia. Y quiero ser la lluvia y quiero ser los crisantemos. ¿Te acuerdas cuando éramos niñas y en los aguaceros de diciembre nos escapábamos del cuidado de la madre y salíamos a la huerta a chapotear en los charcos?

Que llueva, que llueva, la vieja está en la cueva, cantábamos, los pajarillos cantan, las nubes se levantan, que sí, que no, que caiga el chaparrón.

Quisiera que la vida se hubiese detenido allí, en esa idiota felicidad infantil. No aquí, en este punto de nuestra historia, donde sí parece detenerse por esta maldita peste a la que esperamos como al piadoso verdugo que nos librará de los dolores del alma. Es más, quisiera que todo esto fuese como uno más de mis malos sueños, despertar, saber que ha sido un sueño, nada más, o por último, que en este instante apareciera para salvarnos San Jorge, como apareció en el año 1096, en la batalla de Alcoraz, con su caballo enjaezado con paramentos plateados, armado con armas blancas y resplandecientes, y llevando dos cruces rojas, tanto en sus escudos como en su armadura, salvando a los cristianos que peleaban con tropas musulmanas que llegaban de Zaragoza.

Lo anhelé aún más y por eso recé a San Jorge para que apareciera allí mismo, pero estaría peleando cruentas batallas celestiales, que no llegó. Al dejar los crisantemos mojados por el rocío, me sacudí la tierra de la ropa y enjugué mis lágrimas para entrar a la casa aún dormida y en penumbra, y entonces presentí en tu ventana el piar de tus chulupías, y dentro de tu aposento, el olor de la peste. En efecto, allí estaba, en tu respiración inquieta, en tu fiebre que parece de amor, en tus llagas que comienzan a reventar como gránulos de arroz por debajo de tu blanca piel.

Pobrecilla de vos, hermana mía, quién te mandó a decir tantas mentiras, mira cómo Dios te castigó.

CIENTO CATORCE

Tu esclavo Tomás I o Génesis te acerca al lecho nuevo la bacinilla de plata para que no tengas que levantarte, bueno, la verdad es que no puedes levantarte desde hace dos días, cuando te trajeron desmayado de aquella visita al Seminario, en este cruel estado.

Por más inmortal que digan que eres, a todos nos llega la hora. Tal vez no caes en la realidad de las cosas, y por eso has permanecido inerte, como dormido, como introducido en un sopor tan profundo, que nada se parece más a los umbrales de la muerte, y que ha hecho que tus esclavos llamen a tu amigo, el padre José de Rivera, para que te dé la extremaunción. Y te la ha dado.

También han llamado a otros clérigos amigos y a Pimentel, el cándido notario de tu confianza, por si quisieras hacer algún cambio a tu último testamento. Con voz débil, le indicas que quieres que todo se quede como está, que no has cambiado de idea, y que tu albacea y tenedor de bienes seguirá siendo el padre José de Rivera, a quien le solicitaste que le comunicase la cláusula secreta de tu testamento al padre Antonio del Risco y Agorreta que, con su aptitud de escritor, escribiese tu vida, que Rivera vea por conveniente qué hacer con tu casa, donde persisten en seguir siendo huéspedes dañinos animales, que sostenga la capellanía fundada por él con cincuenta misas dotadas por tu alma, que como por intrincada deuda de tus recuerdos, envíe cincuenta pesos al cura de Toropalca, para que los reparta entre los indios, que ciento cincuenta pesos sean para las parroquias potosinas de San Bernardo y San Lorenzo, y que se repartan mitad y mitad a los indios de ambas, que se encargue de tu promesa al Señor, que ahora ya no tienes tiempo de cumplir, la hechura de una ventana grande con rejas de fierro para que entre más luz al altar mayor en el curato de San Sebastián, que el tesoro de tu tapado sea para quien lo encontrare, porque el tapado es para quien lo encuentra. Pero piensas en Juan Antonio y no tienes el valor de nombrarlo, no por la debilidad de la garganta, sino por el terror de que te deteste, y aunque tienes la potestad de cambiar tus últimas voluntades, solo le dejas lo que tenías establecido para él, tan delgado y alto: tu ancha ropa de gordo. Una vez te dije que eras peor que tu propio padre, y sé que hoy me das la razón, amigo mío: eres peor.

Firma como testigo llamado y rogado tu amigo el padre Manuel de la Fuente, pues tu pulso está tan trémulo, que no puedes firmar. A continuación, firma el notario Pimentel, y te convences de que ya no hay nada qué hacer, no por el silencio en el que se han escuchado dibujar los garabatos de las firmas sobre el papel, sino por la convicción de cada trazo.

Convicción, piensas, vos nunca tuviste ninguna.

De lejos, has percibido los rezos susurrantes de tus esclavos y los de tus amigos presentes, la mirada lánguida de Nicolás Montero, tu mozo, la voz decidida del doctor Corcuera, que tiene fama de hereje, porque es español e ilustrado y fanático de las borbónicas reformas, quizá por eso se pelea con los frailes juandedianos, que no obedecen sus medidas extremas de higiene, pues nadie en la villa pensó que aquello era tan importante, y menos en un hospital. Pese a todo, el médico ha venido dos veces al día, lo sabes porque no puedes pasar por alto su voz estruendosa y su grave acento madrileño paseándose como Pedro por su casa, ordenándoles a tus esclavos que dejen de ser imbéciles y que saquen de aquí la bacinilla, y desinfecten con alcohol los rincones del aposento, y que barran el polvo y que abran las ventanas para que entre el aire puro de la mañana.

Nadie lo sabe, pero en tu sueño delirante de días has visto a María, risueña, cuya mano lleva la palma apocalíptica de los que moran en el cielo, porque satisfecha divisa desde allí su casa terrenal, saturada con los aires perfumados de los rosales amarillos florecidos, y niños de caras felices que corretean en un cálido hogar que jamás pensaron poseer.

A lo lejos, ves el mar enfadadamente azul de espuma blanca y burbujeante, que solo puede ser el mar asturiano con el que tus antepasados guardaban tanta familiaridad, de tanta vida y tanta muerte transcurridas.

Y de nuevo el mar azul y los ojos de una mujer, pero esta vez un aquietado mar de tranquilas naves a vela, por el que navega la hermosura de doña Josepha de Escurrechea, la marquesa de tus sueños que no besarás.

Y finalmente, ves a Juan Antonio atravesando el simétrico y empedrado patio del Seminario Conciliar de San Cristóbal, llevando a cuestas su inútil herencia de ropa desgastada, y sin embargo, tanta, pero tanta dignidad en su estampa, que el tiempo tardío en que le estás mirando a sus grises ojos de niebla te convence ahora, solo ahora, de cuánto habías empezado a quererlo, pero ya es muy tarde.

El doctor Corcuera te ausculta y te toma el pulso, pero aunque tus esclavos le insisten informar, él no dice nada, por la intensa certeza de que con ese pulso, en realidad, habrías comenzado a morir hace años, y que tu mal no es del cuerpo, pese a las niguas que atormentan tu espalda y tu tos flemática, sino un mal tan conciencial, que acabó por atestarte.

El médico en persona te cerró los densos párpados y miró su reloj para certificar la hora de tu muerte, eran las cuatro menos veinte de la tarde. Tu esclavos se arrodillaron en derredor de tu cuja y comenzaron un rosario quedo, para después amortajarte interiormente con el hábito de los franciscanos, poner encima los escapularios, y vestirte de alba y casulla, que era tu última voluntad, mientras por las ventanas entró un aire silbante y anacrónico de otoño, que después recorrió todos los rincones de tu casa cerrada por el duelo.

CIENTO QUINCE

Son las tres de la mañana y no ha dejado de llover. ¿Qué es esto, hermana? Ni un solo ruido se escucha adentro ni fuera de la casa, a excepción de esta tu respiración empedrada y del aleteo de tus chulupías posadas en la ventana, que no me deja dormir.

Me he levantado a mojar las compresas que ya estaban secas sobre tu abdomen y tu frente. Las sumerjo en el agua del cazo, y después de acomodarlas en los mismos sitios, veo que tu cuerpo menudo, hermana mía, está tan caliente que es posible que esta misma noche te vayas a morir de la calentura o de cualquier otro mal.

Intento sacarte la cruz que ahora no está colgante, sino reposada contra tu pecho, pero la palpitación de tu corazón es tan nítida, que me da miedo hacerlo.

Sacramento, la esclava silenciosa, se ha levantado del cuero en el que duerme al pie de tu cuja. Se ha levantado al escuchar mi bullicio, a veces soy tan torpe.

Callada, ha traído el candelabro de metal y ha encendido cinco velas gruesas, dejando iluminado el aposento. Luego, con paciencia infinita, te ha curado las llagas de erisipela una por una, con miel de abeja y otros remedios preparados por las carmelitas. Aunque lo sé, le pregunto qué son esos mejunjes, pero ella no responde, porque es callada, bien callada, como vos.

De algún cajón ha sacado el rosario de perlas que fue de nuestra madre y lo ha acomodado entre tus lánguidas manos. Persignándose, se ha puesto de hinojos y ha comenzado a rezar junto a tu lecho el padrenuestro, el gloria y los misterios dolorosos del rosario, y yo que pensé que, como vos, se hacía la muda a propósito, pero luego comprendí que su duelo estaba construido de silencio, al igual que el tuyo.

No sé cómo no te dan miedo los ojos de tus santos en derredor tuyo. El bulto en pasta de Nuestra Señora de los dolores, vestida de luto y llorando sangre. En tu cabecera, el crucifijo de plata potosina con el Cristo esculpido y su Inri de oro. En el mueble aledaño a tu cuja, el fanal del Niñito Jesús de Praga, mirándote, solo mirándote.

CIENTO DIECISÉIS

Estás empapada. Tu cuerpo está mojado como si hubieses salido a la huerta a pasear bajo esta lluvia de octubre, que arrecia como tempestad. Es el sudor de la fiebre que no te ha soltado en toda la noche. Ahora ya es de madrugada, la luz inunda tu lecho y sigues delirando.

Después de rezar los misterios dolorosos, la esclava Sacramento te desnuda, te cambia el camisón por otro seco, te trenza el cabello rubio, que está todo desperdigado sobre la almohada y que te hacía ver, hasta hace un momento, como una virgen muerta con diadema dorada en derredor de su cabeza.

De a sorbitos, la esclava te da agua fría, que se te escurre por las comisuras de tus labios delirantes. Es como si te resistieras. Hablas palabras ininteligibles, que no figuran siquiera en mis libros, porque aun si fuera latín, lo comprendería.

Parece que vos también quisieras expiar tus culpas, como si tuvieras alguna. Si vos siempre fuiste tan leal a todos, a nuestros padres, a nuestro tutor y curador, a todos. Te encargaste de la Macarena, como solo podría hacerlo una madre, a tus tiernos trece años de edad, y renunciaste a casarte con Ángel Mariano de Toro, el hombre de tus sueños, solo para dedicarte a nosotras, y siempre hiciste todo tan bien, que, en el fondo apagado de mi alma, toda la vida he querido ser como vos. El padre Antonio decía que por ser como eres ya tienes el cielo ganado. Pero me queda una duda grande, hermana mía: ¿fuiste leal a vos misma?

Si alguien debe llorar lágrimas de sangre como la virgen dolorosa, esa soy yo. Si alguien debe expiar sus culpas, soy yo.

Sacramento, no me mires así, pásame la vara para castigarte, quién te dio permiso para asentir con la cabeza.

CIENTO DIECISIETE

No te mueras, hermana mía, que voy a contarte la verdad. Voy a contarte lo que decían tus cartas. En esos papeles estaba escrita la voz diáfana de Ángel Mariano de Toro, invocándote.

Cómo pude tener el corazón de decirle que estabas tan enferma que no podrías verlo, porque estabas tan ofuscada en tu propia mente y en los pantanos de tu propia enfermedad, que no dabas para un solo día más.

En una de sus cartas te decía que recordaba los domingos de vacaciones que pasábamos, de niños, en Pitantora, cuando sus padres y los nuestros almorzaban alegremente al aire libre de la campiña. Que cuando la brisa te levantaba los rubios cabellos, él tenía tantas ganas de ser huracán, de ser aire, y que, por tanto, solo se le ocurría amarte.

Que cuando te empujaba al columpio amarrado a dos nogales, su intención era que tus cabellos flotaran en ese mar de aire campestre, y que cuando le decías que te empuje más y más, no se le ocurría otra cosa que seguir amándote.

Y que solo por seguir tu juego se había aprendido tu infantil canción de las calaveras, porque te gustaba cantarla mientras columpiabas, y que hasta se prestaba a jugar con las miniaturas en tacitas de porcelana y a la actuación que exigía la hora del té, pues recordaba que le preguntabas, y usted, caballero andante, gusta de un té o de un café, y que él te respondía, lo que guste usted, su señoría. Y que se tomaba el té o el café o el agua sucia del río de Pitantora, que era como el río de sus sueños más profundos, porque mientras tomaba la tacita, solo se le ocurría amarte.

Y que cuando, por accidente, te cortaste la mano en un arbusto espinoso cercano al río, él tuvo el impulso primario de tomarte el anular herido y llevárselo a su boca, cual si fuera el más tierno de los vampiros. Y todo, porque lo único que se le ocurría era amarte.

CIENTO DIECIOCHO

Nos hemos quedado más solas que nunca, hermana mía. Nuestros indios de servicio han muerto anoche, de peste, y el padre Antonio del Risco y Agorreta también.

Lo supe hoy al amanecer, por el aviso de un criado que vino a casa a informarme de su deceso, trayendo además una última carta suya, que me escribió desde su hacienda, en la que me sugería confesarme, pues dijo saber mi pecado, como vos me lo advertiste.

Sabe mi pecado, pues seguramente se lo dijiste en tu última confesión, antes de que te volvieras loca.

Y ni siquiera le puse mucha atención al asunto, a este, ni al tímido fantasma de la comadre Santusa Nava, que ha comenzado a deambular muerta por los rincones de la casa, porque meditar y velarte en tu enfermedad ha sido mi pan de cada día, ya que la Sacramento ha enfermado también, y su marido, Pablo Congo, se la llevó a su cuartucho, donde la está cuidando, pues él está menos enfermo que ella. No sabemos si morirán, lo cierto es que te cuido, porque sé que si enfermo, vos harías lo mismo por mí, porque por algo somos hermanas.

No he descansado en curar tus llagas con miel de abeja y con esos otros remedios de las carmelitas, y en toda mi vigilia no he cesado de cambiar las toallas mojadas que te alivian de la calentura, y quizás por ello, no lo sé, o porque te hablé de las cartas de Ángel Mariano de Toro, en este amanecer soleado de diciembre despertaste saliendo de los aletargados pasadizos de la fiebre, y aunque todavía con una leve palidez en el rostro, me reconociste y pediste agua.

Sé lo que pasó con las niñas, pronunciaste obsesionada, y tuve tanto miedo de que fueras a hundirte nuevamente en los escarpados médanos de la fiebre, que te dije que yo también, que sabía que vos lo sabías, que antes de que el padre Antonio del Risco y Agorreta dijese que las niñas estaban dormidas para siempre, vos te sumiste en una duermevela de orillas de desahogo, como resultado del estrago de tantas horas sin dormir, y entonces ahí es que tus párpados se movían vertiginosamente, porque estabas dormida, pero también como despierta, y en el rumor de enfermedad de aquella madrugada de octubre, vos me viste levantarme de la silla en la que había estado sentada toda la noche, tomar una almohada y, no pudiendo más con mi dolor ni con el suyo, me acerqué al lecho de agonía de las niñas y les puse encima la pesada almohada que no tuvieron la fuerza de resistir.

Fue un hecho de piedad, te lo juro, de piedad, pero vos no lo comprendiste, y habiéndote tardado unos minutos que el sueño te ganó, y tras convencerte de que las niñas no respiraban, gritaste, y después de comprenderlo todo, con la fuerza de una bestia me sacudiste de los hombros, y tiraste contra los suelos todo objeto que encontraste a tu paso, para después sumirte en un desvanecimiento que se parecía mucho a la muerte, y no despertaste, aunque los esclavos te acercaban el alcohol a la nariz y te abanicaban, y pese a que fuiste al entierro, luego te volviste loca y entraste en un santo e insondable delirio del que solo pudo sacarte, por momentos, la comadre Santusa, que en paz descanse.

Después de mi breve recuento, nos miramos sin pestañear por largos minutos de silencio, y es paradójico, pero allí, en ese espacio infinito donde nadie dice nada, encontramos todas las respuestas. Me quité el cabestrillo, y vos, tu cruz de madera y la pulserita roja que te dio la Santusa, porque ya no necesitábamos ninguna de esas cosas. Si en algo tienes razón, es que la locura es contagiosa, porque estoy aquí, contándote esto, devolviéndote las cartas, ya algo ilegibles, que seguramente la Sacramento escondió por hacerme rabiar. Aquí estoy, rogándote que no te mueras, pues no me queda nadie con quien compartir mi destino de esta vieja amiga soledad, nadie con quien traspasar las montañas azules de tu esperanza para llegar a Pitantora.

Júrame verdad, pronunciaste de repente, y que pese a la peste de locura no habrán más mentiras.

Te juro verdad, hermana mía.

Júrame sosiego, pronunciaste, pese a los taciturnos paseos de los fantasmas familiares que rondan la casa cantando España camisa blanca de mi esperanza o buenos días su señoría, mandandirun dirun da.

Te juro sosiego, hermana mía.

Y júrame fingir, en caso de cordura.

Te juro fingir, hermana mía. Por los siglos de los siglos, amén.

Fin

La colección *Narradoras Latinoamericanas* reúne seis volúmenes de cuentos y novelas de escritoras de diferentes países de latinoamérica que están emergiendo con fuerza en la literatura de la región. Con temas diversos pero tratados desde una perspectiva femenina, las voces de estas autoras son algunas de las más originales y destacadas de la narrativa actual en latinoamérica, y en la literatura contemporánea.

Pro Latina Press

www.ingramcontent.com/pod-product-compliance
Lightning Source LLC
Chambersburg PA
CBHW030410020726
47493CB00003B/1013